J.-H. Rosny Aîné

La Jeune Vampire - La Silencieuse

Table des matières

LA JEUNE VAMPIRE

I

– Il y a quelque chose de vrai dans toutes les croyances persistantes des hommes, fit Jacques Le Marquand…j'entends les croyances qui ont rapport à des faits précis et *souvent répétés*.

– Alors, la sorcellerie…

– Dans son ensemble, je la nie, parce qu'elle énonce trop de faits imprécis et aussi parce qu'elle varie immodérément. Mais la science actuelle use de mainte pratique propre aux sorciers et aux sorcières : par suite, il est ridicule de nier que la sorcellerie ait reposé, du moins partiellement, sur une base expérimentale…Je n'insiste point…parce que j'ai mal étudié la matière. Mais que diriez-vous si je vous affirmais l'existence d'un phénomène comme le vampirisme ?

– La science ne le nie pas, s'écria Charmel avec goguenardise. Elle le transpose seulement de l'homme à une espèce de chauve-souris…

Jacques Le Marquand haussa les épaules et continua :

– J'ai connu une vampire…dans le quartier d'Islington, à Londres, de 1902 à 1905. Et j'ai appris dernièrement qu'elle vit encore. Elle est mariée d'ailleurs…elle a même quatre enfants…

– Qui seront de petits vampires ! interrompit gravement Charmel.

– Le vampirisme ne semble pas héréditaire, riposta Le Marquand avec plus de gravité encore. La jeune personne dont je vous parle était la troisième fille de mister et mistress Grovedale et elle se distinguait de ses sœurs parce qu'elle était de beaucoup la plus jolie. À l'époque où je l'ai connue, elle était même fantastiquement jolie. J'entends par là qu'il se joignait à sa beauté quelque chose d'extraordinaire, je devrais dire de surnaturel. D'abord, sa face était exactement aussi blanche que cette feuille de papier, ce qui aurait dû la rendre un peu effrayante. Pour une raison ou une autre, cela ne la rendait pas effrayante du tout. Au contraire, elle était « fascinating » comme disent nos voisins. Évidemment ses yeux, ses cheveux et sa bouche rachetaient la pâleur excessive de la peau ; je ne sais pas ce qui était plus tentant, ou le buisson de flamme qui poussait sur le crâne, ou les yeux pathétiques, immenses et dévorants, ou les lèvres aussi rouges que la fleur du balisier... Il n'y avait pas très longtemps qu'elle était aussi pâle – un peu plus de cinq ans. Sa mère racontait qu'elle avait été morte – *littéralement morte*. Deux médecins avaient constaté le décès. Selon l'usage anglais, on garda assez longtemps le cadavre. Le troisième soir, il commençait à se décomposer... Ce qui n'empêcha pas que le matin du quatrième jour on trouva Evelyn Grovedale ressuscitée. Elle présentait des particularités intéressantes pour les savants et inquiétantes pour l'entourage. Sa mémoire était dans le plus grand désordre ; elle ne parlait qu'à des intervalles lointains et d'une manière incohérente ; elle ne montrait aucune tendresse aux siens. Lorsque son intelligence se coordonna, on eût dit qu'Evelyn était double. Pour le présent et pour des événements qui avaient suivi sa mort, elle parlait à la première personne ; pour les événements antérieurs, elle faisait intervenir une personnalité indécise. D'autre part, sa mémoire ne semblait lui servir qu'à se diriger dans la vie, aucunement à faire des retours sur elle-même. Quand elle se décida à rendre leurs caresses aux siens, elle le fit avec ardeur, mais *d'une façon bizarre*. Avec le temps, elle redevint presque normale. Après des hésitations, des révoltes et des craintes, elle parut *accepter* l'histoire de son passé comme on accepte des règles de conduite ou comme on adopte une croyance.

C'est le moment de parler d'un phénomène anormal qui se produisit peu après la résurrection. Le père et la mère

Grovedale, les deux filles et le petit garçon, qui avaient tous des teints florissants, devinrent pâles et languirent à des degrés divers. Le père était de beaucoup le moins atteint. La mère se décela simplement lasse, ainsi que la fille aînée, Harriet. Quant à la fille cadette, Aurora, elle semblait atteinte de chlorose et le petit Jack se montrait incapable de suivre ses leçons à l'école ou de faire ses devoirs à la maison : il s'assoupissait continuellement ; il dormait au moins dix-neuf heures sur vingt-quatre… Les Grovedale étant des gens peu imaginatifs ne firent guère de conjectures ; le médecin de la famille manifesta quelque surprise, mais se borna à donner des noms divers à l'épidémie de pâleur et à administrer des pilules et des potions variées.

Au printemps, tous les symptômes s'atténuèrent. La mère et Harriet redevinrent presque gaillardes ; Aurora reprit quelques forces ; le jeune Jack, sans réussir à étudier, ne dormait plus qu'une quinzaine d'heures sur vingt-quatre. Cela coïncida avec la présence persévérante d'un nommé James Bluewinkle, jeune homme bâti en lutteur, qui se prit pour Evelyn d'une passion désordonnée. Les Bluewinkle et les Grovedale cédèrent promptement aux sollicitations des amoureux : on les maria avant la fin d'avril. Ils firent un « trip » sur le continent et revinrent s'établir à Londres.

Après le départ d'Evelyn, l'amélioration constatée chez les Grovedale s'accentua rapidement. Tout le monde, en fait, se rétablit, même le gosse dont la ration de sommeil s'abaissa à dix heures. En revanche, James Bluewinkle eut les « pâles couleurs ». Doué d'un estomac de lion, il avait beau avaler chaque jour des livres de rumpsteak, de gigot, de poularde ou d'oie, sa vitalité faiblissait. Les médecins se succédaient sans découvrir aucune fissure. À la fin, un homéopathe eut quelque intuition vague et ordonna une cure de solitude, dans un sanatorium d'Ipswich.

Les effets de cette cure s'avérèrent prodigieux : en deux semaines James Bluewinkle avait reconquis ses forces. En revanche, Evelyn se désolait et s'anémiait. Après quelques jours, elle se réfugia chez ses parents, au grand dam de la famille, car Harriet et la mère se sentirent « inconfortables », Aurora et le boy recommencèrent à blêmir.

Dans leurs innocences, ils continuaient à n'y rien comprendre. C'est à peine s'ils ressentirent le petit étonnement qu'on ressent devant d'insignifiantes coïncidences lorsque, au retour de Bluewinkle, leur mal disparut par enchantement.

Vous vous attendez désormais à ce que le mari retombe dans sa langueur, et vous ne vous trompez point. Un mois après son retour du sanatorium, il était redevenu faible et pâle. Moins candide que les Grovedale, il conçut des inquiétudes, presque des soupçons et se mit à étudier sa femme. Elle menait une vie méthodique. Ses goûts étaient simples ; elle dépensait peu ; elle se vêtait avec élégance, mais sans faste ; elle se nourrissait chétivement. D'autre part, James remplissait avec ferveur ses divers devoirs conjugaux, mais sans aucune de ces exagérations qui peuvent abattre l'énergie d'un homme, surtout d'un homme de sa force. Néanmoins, il semblait qu'après les baisers d'Evelyn – remarquez bien que je parle de simples baisers – il était saisi d'une sorte de torpeur. Alors, sans qu'il sût trop comment, il lui vint une idée qui était peut-être bien *un souvenir de l'instinct…*

Un soir, il prit, à l'insu de sa femme, deux tasses de café très fort, afin de résister au sommeil léthargique qui l'accablait chaque nuit, et il fit semblant de s'endormir comme d'habitude. Pendant longtemps, il ne se passa rien d'anormal. Onze heures, minuit, une heure sonnèrent successivement… Enfin, la respiration d'Evelyn, jusqu'alors égale, s'accéléra. D'abord la jeune femme demeura immobile, puis elle se souleva, très lentement… Bluewinkle sentit qu'elle se penchait sur lui. Deux lèvres tièdes et soyeuses se posèrent sur son cou. Ce fut une sensation étrange, à la fois voluptueuse et inquiétante. Les lèvres aspiraient quelque chose, avec une douceur infinie. À mesure, il se sentait faiblir. Un engourdissement irrésistible saisissait sa pensée. S'il attendait encore une minute, malgré l'excitation du café, il savait qu'il tomberait dans un sommeil de plomb. D'un geste mou, il rejeta la tête d'Evelyn et, la gorge serrée d'angoisse, il s'exclama :

– Malheureuse !

Un sanglot éclata dans l'ombre, et, comme il allumait la lampe électrique, il vit Evelyn, prostrée sur le lit, qui tremblait de tous ses membres :

– Malheureuse ! répéta-t-il, que t'ai-je fait, pour que tu me tues ?

Leurs yeux se pénétraient. La jeune femme avait les pupilles palpitantes ; tout son visage exprimait une terreur mystérieuse ; elle répondit comme dans un rêve :

– Je ne peux pas faire autrement…je *mourrais !*

Soudain, une inspiration – une de ces inspirations qui viennent du tréfonds des êtres et qui naissent des contacts extraordinaires – éclaira Bluewinkle : il eut la certitude absolue qu'Evelyn Grovedale était une vampire !

*

**

Nous demeurâmes une minute dans un silence où passait l'*aura* mystique. Puis, Charmel haussa lentement les épaules :

– Qu'est-ce que sa certitude prouve ? demanda-t-il.

– Je vous le dirai demain, répondit Jacques Le Marquand après avoir consulté sa montre.

II

Le lendemain, Jacques Le Marquand continua son récit en ces termes :

– Le sentiment qui domina d'abord Bluewinkle fut un sentiment d'horreur et de crainte. Bientôt, les larmes d'Evelyn l'émurent, car il avait le cœur tendre et elle apparaissait charmante dans le désordre lumineux de sa chevelure :

– C'est de l'aberration ! fit-il... Vous ne mourriez pas du tout.

– Je mourrais, répéta-t-elle d'une voix profonde.

Il la sentit parfaitement sincère et redevint rêveur. Sa conviction demeurait entière : Evelyn était bien une vampire, mais d'une manière assez différente de celle relatée par les traditions. James, qui avait de la philosophie, savait que les traditions renferment une fraction de symbole et de légende. Dans l'espèce, il ne fallait pas croire aux vampires sortant de leur tombe ; c'était la part du génie macabre et de la puérilité populaire. On pouvait croire, au contraire, à quelque étrangeté organique, suivie de mort apparente – ce qui s'appliquait rigoureusement à Evelyn. Non seulement elle avait passé pour morte, mais sa métamorphose se décelait par une pâleur excessive et par la tournure de son esprit.

– La preuve que vous ne mourriez pas, reprit-il, c'est que vous avez passé très innocemment la plus grande partie de votre existence.

– De mon existence ! murmura-t-elle d'un ton farouche. Est-ce que c'était vraiment *mon* existence ?

Cette question ne surprit qu'à moitié Bluewinkle ; il savait que la mémoire de sa jeune femme comportait des singularités. Toutefois, son attention fut plus vivement excitée qu'à l'ordinaire : jamais Evelyn n'avait été aussi précise.

– Que voulez-vous dire ? reprit-il. Supposez-vous que l'Evelyn Grovedale de jadis et celle d'aujourd'hui ne sont pas la même personne ?

Elle ne répondit pas tout de suite. Ses lèvres tremblaient. Elle élevait vers James un regard plein de supplication et de méfiance. Enfin, comme emportée par une impulsion irrésistible :

– Ce sont deux personnes différentes ! chuchota-t-elle...

Le ton impressionna le jeune homme jusqu'à l'épouvante. Il demeura un moment comme hébété, puis, d'une voix rauque :

– Alors quoi ? L'ancienne Evelyn Grovedale serait *positivement morte*... Et celle que j'ai devant moi, d'où viendrait-elle ?...C'est pourtant le même corps.

– Oui...le même corps...mais *seulement* le même corps...

– Tâchez de vous expliquer clairement ! s'écria-t-il avec une agitation convulsive...Le même corps...et une autre âme ?

– Un autre *être* !

– Peu importe le terme. Ce serait une étrangère qui vivrait dans le corps d'Evelyn Grovedale...une étrangère qui s'y serait incarnée.

– Je ne sais pas.

– Comment, vous ne savez pas ? Puisque vous êtes sûre de n'être pas Evelyn, vous devez l'être tout autant de l'incarnation.

Elle secoua la tête, rêveuse et mélancolique :

– Je ne peux pas vous répondre ! Je n'ai pas de mots pour dire ce que je voudrais dire... Je sais seulement que les souvenirs que je retrouve dans ce corps...les souvenirs *d'avant mon arrivée*, ne sont pas les miens...Oui, je le sais...

– Et comment ? Avez-vous d'autres souvenirs qui contredisent ceux d'Evelyn ?

– J'ai d'autres souvenirs.

– Lesquels ?

– Je vous dis que je n'ai pas de paroles pour les exprimer... et même ce cerveau n'a aucune image pour me rappeler mon véritable passé !...Ce sont des souvenirs d'un autre monde ! Ils sont là...à part – oh ! comme je les sens ! – et je ne peux pas les atteindre...

– Enfin, s'exclama Bluewinkle avec désespoir, vous avez pourtant le souvenir du moment où vous avez envahi le corps d'Evelyn ?

– Je n'en ai aucun !

James s'était levé. Et, ayant repris quelque force à l'aide d'un cordial, il se tenait au chevet de la jeune femme, successivement enfiévré par la certitude et rassuré par le doute. Comme il est naturel, il se demandait parfois si Evelyn n'était pas folle. Mais, si la folie pouvait expliquer ses propos et ses actes, elle ne pouvait aucunement expliquer l'action trop réelle exercée sur Bluewinkle.

– Expliquez-moi, dit-il avec ferveur, comment vous avez vécu, après votre mort, jusqu'au moment où vous m'avez connu ?

– J'ai vécu d'eux ! avoua-t-elle. Et pendant votre absence aussi...

Avec un long frémissement, il se souvint de la pâleur du petit Jack et de la jeune Aurora.

– Alors, si je n'étais pas venu, vous auriez tué ces pauvres petits !

– Non, dit-elle vivement, quand l'un était trop épuisé, je m'adressais à l'autre... je ne suis pas méchante... je suis malheureuse...je me défends contre moi-même...je sais que je fais mal...mais je sais aussi que je suis constamment en danger de mort, et la tentation devient irrésistible...

Elle parlait avec une grâce humble et câline qui toucha profondément Bluewinkle. Il considéra ces yeux où luisait une flamme si passionnante et se dit :

– Ce n'est pas une méchante créature !...

Puis, saisi d'une curiosité ardente et sombre :

– Mais, qu'est-ce que vous nous prenez ?

Elle détourna la tête ; elle cacha son visage contre l'oreiller, et il l'entendit pourtant dire :

– Votre sang !

Il attendait au moins cette réponse. Par suite, il n'en fut que médiocrement ému et il alla examiner dans la glace l'endroit où Evelyn avait posé ses lèvres : il ne vit qu'une tache faiblement, très faiblement rosée.

– C'est impossible ! déclara-t-il. Le sang ne filtre pas ainsi à travers la peau...

– Croyez-vous ? dit-elle.

Il remit le problème à plus tard et repartit :

– Mais aussi, vous ne mangez presque pas ! Si vous mangiez, vous pourriez vous passer de cette horrible chose.

– Je ne peux pas manger beaucoup. Au delà d'une certaine quantité, *votre* nourriture m'empoisonne.

– Comment vous est venue l'idée d'absorber le sang ?

– Il me semble que je l'ai toujours eue. Je n'ai qu'à poser mes lèvres sur la peau…Tout de suite…

Elle acheva d'un geste et soupira. Il ne savait plus que croire. Les idées tourbillonnaient dans son cerveau comme les feuilles mortes dans une futaie. À mesure qu'il interrogeait Evelyn, il se familiarisait avec le fantastique, il ne voyait plus exactement les limites qui le séparent de la réalité quotidienne. Puis la nuit, le cordial, cette étrange et éblouissante créature…il vivait dans un songe :

– Vous savez que vous faites mal. Est-ce que vous vous repentez ?

– J'ai de grands regrets.

– Vous aimez donc les parents, les sœurs et le frère d'Evelyn ?

– Je ne les aimais pas d'abord… Ensuite l'affection est venue.

– Et moi ?

– Oh ! vous…beaucoup !

Il fut ému. La séduction d'Evelyn reparut tout entière :

– Me considérez-vous comme votre semblable ?

– Oui, dit-elle, avec passion. *D'où que je vienne*, j'appartiens à *une humanité*. Je me sais une étrangère en ce monde, mais je me sais aussi une femme. Et j'aime ma vie nouvelle…surtout depuis que je vis avec vous…

*
**

Dans l'état d'excitation où se trouvait maintenant Bluewinkle, et qui pourrait à la fois se comparer à l'ivresse de l'alcool et à celle de l'opium, il n'y avait presque pas place pour l'étonnement. L'au-delà lui semblait une chose toute simple, le surnaturel se confondait étroitement avec le naturel.

— Vous ne regrettez pas du tout votre autre vie ? demanda-t-il.

Elle eut un grand frisson, puis, d'une voix impressionnante :

— J'ai peur de mon autre vie ! Je sens qu'il m'est arrivé, *par là*, une aventure si épouvantable… que mon âme *a dû partir*. C'est inexprimable et affreux. Et, enfin, puisque je vous aime ?

Elle avait prononcé les derniers mots d'une voix si pure, si tendre, si humaine, elle était si belle et d'une beauté si grisante, que James ne vit plus qu'une femme adorée. Il saisit la tête d'Evelyn ; leurs lèvres se cherchèrent dans un dévorant baiser. D'abord ce fut le délire. Tout s'effaça dans l'immense amour… Puis, la faiblesse étrange que Bluewinkle connaissait trop bien s'empara de sa chair et de son cerveau ; il se sentit défaillir…il n'eut que le temps de se dérober à l'étreinte…

Alors il vit, distinctement, une pourpre humide qui débordait aux commissures des lèvres d'Evelyn, et des filets rouges sur les dents argentines :

— Du sang ! s'écria-t-il…*Mon sang !*

Evelyn poussa une longue plainte.

III

Quand James se réveilla le lendemain matin sur le divan du « parlour », où il avait dormi d'un sommeil léthargique, il fut quelque temps avant de pouvoir disjoindre l'idée d'illusion et l'idée de réalité. Puis une crainte mystique et un dégoût amer le saisirent. La pitié s'y mêla quand il revit Evelyn. Elle n'était pas plus pâle qu'à l'ordinaire, – c'était impossible, – mais en quelques heures elle avait positivement maigri. Ses yeux s'encavaient, pleins d'un feu d'inquiétude, et ses joues semblaient creuses. Un frisson continuel l'agitait, qui, parfois, allait jusqu'au grelottement. À la voir ainsi, James oubliait ses craintes. Il ne pouvait plus croire que ce pauvre être tourmenté fût d'une autre essence que la nôtre. Et, la hantise du surnaturel tendant à s'abolir, il se remettait à songer qu'Evelyn devait être tout simplement une malade. Seulement, le mal dont elle souffrait, ignoré par la science officielle, rapporté d'une manière inexacte par la tradition, était-il guérissable ? On pouvait à la rigueur le classer parmi les névroses, puisque enfin les névroses confèrent certaines facultés qui font défaut aux individus pondérés, et puisque aussi elles impliquent assez souvent des appétits insolites. James s'efforça de poser à la jeune femme des questions aussi méthodiques que possible. Elle répondit docilement, avec consistance et sans contradiction. Même, le point de départ admis, elle ne disait rien d'absurde. Elle se bornait à affirmer de nouveau le fait de son existence antérieure et l'impossibilité d'exprimer la forme de cette existence avec des mots ni de la suggérer à l'aide d'images qui dépendaient de son corps actuel.

Comme elle était d'heure en heure plus faible et plus fiévreuse, James résolut de prendre l'avis d'un médecin neurologiste. Justement, il connaissait un peu Percy Coleman, le Charcot écossais, qui l'écouta avec d'autant plus d'intérêt qu'il le supposa atteint de folie dès qu'il eut décrit la première et surtout lorsqu'il relata la deuxième scène nocturne.

Néanmoins, Percy Coleman consentit à examiner Evelyn. La pâleur spectrale de la jeune femme l'intéressa tout de suite et le rendit jovial, – car il raffolait des anomalies. Elle se refusa d'abord à lui rien dire. Puis, sur la prière de James, elle parut s'abandonner au destin, elle répéta sans variantes ce qu'elle avait révélé auparavant.

L'illustre neurologiste écoutait en se frottant les mains avec enthousiasme.

– Pas une lacune… pas une fissure, remarqua-t-il. Tout se tient… tout s'ajuste. Voyons la mécanique.

La mécanique aussi l'enchanta. Les réflexes fonctionnaient à merveille. Tous les organes se manifestèrent impeccables.

– Délicious ! murmura le savant homme en se pourléchant les babines. Et maintenant, passons au nœud du drame…

Il eut beaucoup de peine à obtenir qu'Evelyn embrassât James. Malgré la brièveté du baiser, l'expérience fut décisive et abasourdit le spécialiste.

– Un saut dans l'inconnu ! fit-il à mi-voix… un plongeon dans le gouffre ! Pas même une piqûre, et *le sang a passé*… ce qui contredit brutalement tout ce que nous savons sur l'osmose tégumentaire… Ce petit phénomène va remuer la mare aux grenouilles…

Sa joie, d'abord refoulée par la surprise, lui dilatait le visage ; il considérait Evelyn avec un mélange d'avidité et de bienveillance.

– Tout mon dévouement est acquis à madame, déclara-t-il. Aucun sacrifice ne me coûtera pour lui rendre la santé...aucun ! S'il lui faut du sang humain, on le lui donnera sans compter !

Et avec un petit rire :

– Nous nous cotiserons s'il le faut ! Nous ne manquons pas ici de jeunes hommes ni même de jeunes femmes dévoués à la science...

Cette visite parut d'abord apaiser Evelyn. Elle consentit à prendre des peptones et un excitant prescrits par le médecin, elle se montra douce, tendre, résignée. James aussi ressentait du soulagement. Comme il ne s'entendait guère en médecine, il avait une grande foi dans la puissance mystérieuse de la thérapeutique. Il abandonna nettement toute idée de surnaturel ; ses craintes mystiques devinrent négligeables. La soirée qu'il passa avec Evelyn fut par moments très charmante. Il s'abandonnait à l'espérance, son jeune amour sortait plus vivace de l'orage.

Peu à peu, les frissons de la jeune femme reprirent. Elle se pelotonnait dans son fauteuil, elle regardait fixement devant elle, d'un œil triste et presque hagard. Visiblement, elle s'affaiblissait.

– Qu'avez-vous, darling ? demandait James.

– Je suis fatiguée.

Il se rapprocha, il lui passa doucement les bras autour de la taille. Elle le laissait faire ; la grande chevelure se répandait dans le cou du jeune homme. Quand il voulut l'embrasser, elle éloigna ses lèvres.

– Never more ! Never more !**[1]** gémit-elle.

Il insista, il l'attira avec la force généreuse de l'amour. Mais elle résistait ; et, quand il réussissait à atteindre la bouche rouge, aucune caresse ne répondait à la sienne... Cependant, cette lutte épuisait la jeune femme. Elle fit un dernier mouvement pour se dérober ; ses yeux se fermèrent ; elle eut un soupir léger, puis sa tête roula en arrière. Elle était évanouie...

Il essaya en vain de la ranimer. Le pouls semblait éteint ; on ne pouvait percevoir la palpitation du cœur ; aucun souffle ne s'exhalait des lèvres décloses...

Alors, désespéré, James envoya chercher Percy Coleman.

*

**

Le neurologiste apparut vers minuit, accompagné d'un gigantesque adolescent aux cheveux auburn et au teint jambon d'York.

– Hulloo ! s'exclama le savant en tambourinant sur l'épaule musculeuse de son compagnon... voilà un rude fellow pour vous... un glorieux serviteur de la science. Ce n'est pas lui qui lésinerait pour quelques palettes de sang !

Le fellow acquiesça d'un rire d'enfant et de colosse.

– Il faudrait que la jeune lady ait un rude appétit pour le fatiguer ! ajouta Coleman, à qui le porto du soir communiquait une gaieté généreuse.

————————————

[1] Jamais plus !

Il se laissa conduire auprès d'Evelyn et, du premier coup d'œil, comprit que la situation était sérieuse. L'excitation du porto s'évapora sur-le-champ. Il se pencha sur la jeune femme et commença de l'ausculter. À mesure, ses joues se roidissaient, un vif désappointement paraissait dans son œil aigu.

– By God ! grommela-t-il. Ce serait une damnée perte pour la science et pour Percy Coleman.

– Elle n'est pas morte !… Dites qu'elle n'est pas morte ! cria Bluewinkle, saisi d'épouvante.

– Non, elle n'est pas morte ! répondit le praticien, mais elle s'enfonce diablement dans la léthargie… et il faudra une rude chance pour la tirer de là.

IV

Malgré les soins ingénieux de Percy Coleman, la léthargie d'Evelyn persistait depuis plusieurs heures. Cependant, vers l'aube, après une longue application de courants induits, on perçut un mouvement des paupières, bientôt suivi d'un battement presque imperceptible du cœur.

— Elle *revient*, déclara le neurologiste en s'essuyant les tempes, car il suait comme un chauffeur de steamer... Seulement, pourrons-nous la retenir ?

James assistait, misérable et impuissant, à cette interminable lutte contre la mort. Tous autres sentiments que l'amour, la pitié, l'espoir et le désespoir avaient disparu de son âme. Il oubliait presque les scènes étranges qui s'étaient passées entre lui et la pauvre femme.

Aux paroles du médecin, il eut un sursaut convulsif et se précipita vers Evelyn.

— Stop ! fit péremptoirement le praticien. Elle n'a pas seulement la force d'un pigeon au sortir de l'œuf. La moindre maladresse peut l'éteindre... et vous êtes dans un état de maladresse effrayant.

Outre le jeune géant, deux internes étaient venus, qui exécutaient chaque commandement de Coleman avec célérité et précision.

— Assez de courants ! fit ce dernier. Il est temps de rythmer le souffle...

Le plus âgé des internes appliqua aux narines de la malade deux tubes fins et flexibles, reliés à une machine complexe que le second interne mit en mouvement à l'aide d'une manivelle. Percy réglait la vitesse par des indications sommaires.

Au bout de quelques minutes, on discerna une palpitation régulière de la poitrine, puis les paupières s'entr'ouvrirent et les yeux d'Evelyn, comme imprégnés de ténèbres, s'agitaient faiblement.

– Nous l'avons tirée des profondeurs abyssales ! chuchota le neurologiste...

Il épiait, d'un air perplexe, le retour de la vie dans ce corps anormal. Tout en tirant vanité de ses méthodes, et particulièrement de la machine à rythmer, il se sentait enveloppé d'un vaste hasard. Chaque acte allait à l'aventure. Et le réveil d'Evelyn, loin de faciliter la tâche, la rendait plus embarrassante. Il ne savait pas du tout que faire. La faiblesse de la jeune femme semblait excessive et ne permettait pas de s'en rapporter uniquement à la nature. Une intervention était indispensable. Seulement, voilà ! Quelle intervention ?

*

**

Peu à peu, l'ombre avait quitté les prunelles. Evelyn commençait à voir. Elle aperçut d'abord le docteur penché sur elle, puis un des internes, et ces images parurent la laisser indifférente. Dès qu'elle distingua Bluewinkle, ses lèvres frémirent, on l'entendit chuchoter :

– Darling !

– Bother the man ![2] grommelait tout bas Coleman. Il l'agite... il l'agite trop !... On devrait pouvoir le visser dans une cellule pendant vingt-quatre heures... Qu'est-ce que je disais !

Les paupières d'Evelyn s'étaient refermées ; un pli douloureux se creusait entre les sourcils ; puis, le souffle parut se ralentir.

– Du sang ! C'est du sang qu'il lui faut ! Je parierais mille livres contre une guinée, continuait à soliloquer le neurologiste.

Et, s'adressant au colosse :

– David, mon camarade, ôtez ce veston et retroussez une manche de votre chemise...

L'autre obéit avec calme et méthode, mais alors Percy fut saisi d'un doute. Fallait-il injecter du sang à la malade ? Ou fallait-il qu'elle puisât d'emblée à la source ?... En soi, l'injection paraissait préférable ; mais, dans les cas exceptionnels, Coleman avait pour principe de rejeter la logique et de s'en tenir strictement à la méthode qui a fait ses preuves. Or, Evelyn n'avait jamais absorbé le sang indirectement... Il remit en place la seringue qu'il venait d'aveindre, examina le bras du jeune David et appliqua lui-même les lèvres d'Evelyn à l'endroit qu'il jugea le plus favorable.

L'effet fut prodigieux. Instantanément, les paupières se rouvrirent, les pupilles s'animèrent, puis l'on vit s'accélérer le souffle. Une minute à peine s'était écoulée, et déjà on avait l'impression que l'énergie rentrait à flots dans l'organisme épuisé...

---

[2] Intraduisible. À peu près : Foin de l'homme !

Cependant, James Bluewinkle s'était glissé auprès du lit. D'abord, une joie ardente parut sur son visage. Mais, à mesure qu'il assistait à la résurrection d'Evelyn, un autre sentiment vint à naître et fit trembler ses membres : l'idée que sa femme puisait la vie aux veines d'un autre homme lui devint rapidement insupportable... Il se pencha ; son regard jaloux rencontra le regard d'Evelyn...

Avec un long soupir, elle rejeta le bras du jeune colosse, tourna sa face vers la muraille, et James l'entendit murmurer, comme la veille :

– Never more ! Never more ![3]

Attentif aux seuls mouvements de la patiente, Percy Coleman ne se rendit aucun compte de la psychologie du drame. Il crut à un léger délire, ou plus simplement à une phase de réaction.

– Nous recommencerons tout à l'heure ! déclara-t-il...

Un sanglot lui répondit ; les épaules de la jeune femme s'agitaient convulsivement ; puis, elle se retourna d'un geste brusque et tendit les bras vers James.

– Pardonnez-moi ! fit-elle d'une voix mourante. Je ne savais pas ce que je faisais.

Exaspéré, Coleman autorisa d'un geste le jeune homme à se rapprocher. Evelyn l'étreignit désespérément, en balbutiant des paroles tour à tour tendres et énigmatiques. Enfin, elle se laissa retomber en arrière en balbutiant :

––––––––––––––––––––

[3] Jamais plus.

– J'aurais pu être si heureuse... Pourquoi est-ce impossible ?...Je n'en puis plus...Il faut retourner là-bas...Oh ! mon chéri, c'est si terrible...si terrible !

Sa parole devenait de plus en plus indistincte. C'est dans un souffle qu'elle balbutia :

– Farewell !⁴

– La voilà retombée dans l'abîme ! s'exclama rageusement le neurologiste. C'était bien la peine de faire cinq heures de travaux forcés...

James s'était mis à genoux devant le lit, comme un coupable et comme un désespéré.

– Faites place ! cria rudement le médecin, il y a peut-être autre chose à faire qu'à pleurer...

L'examen auquel il se livra porta le comble à son exaspération. Evelyn se retrouvait exactement dans l'état où il l'avait trouvée avant minuit.

D'abord, cet état parut stationnaire, mais bientôt Percy eut l'impression que les événements se précipitaient. La vie décroissait de seconde en seconde. Au bout de dix minutes, les plus délicates observations cessèrent de la déceler.

– Cette fois, grommela-t-il, ce n'est plus une chance qu'il nous faudrait, c'est le miracle...Et le miracle, hein ! David ?

Il attendit quelque temps encore, renouvela patiemment ses investigations, puis il extirpa de sa trousse un tube très fin, plein d'un liquide transparent et clos à l'une de ses extrémités par une fine membrane, qu'il perça à l'aide d'une aiguille.

_____

⁴ Adieu !

– La dernière cartouche ! fit-il hargneusement.

Il introduisit délicatement le tube dans une narine et attendit. Peu à peu, le liquide prit une teinte opaline.

– C'est signé ! grommela le neurologiste. Elle est de *l'autre côté*...Et c'est diablement regrettable !

James s'était abattu avec des sanglots. Puis, il écarta brutalement Coleman, et, penché, il ne cessait de considérer Evelyn dans une stupeur douloureuse...

Tout à coup, il fut saisi d'un tremblement ; ses prunelles se dilatèrent ; il cria d'une voix étrange :

– Regardez... regardez... *Depuis qu'elle est morte, elle est beaucoup moins pâle.*

V

Coleman, qui faisait ses préparatifs de départ, avec l'indifférence du praticien et l'acrimonie du savant déçu, se retourna en haussant les épaules. Mais, dès qu'il eut regardé le cadavre, il dut se rendre à l'évidence.

– *Marvellous !* ronchonna-t-il... Cette femme est une mine d'anomalies !...

Malgré la double lassitude d'une nuit blanche et d'un travail continu, il passa encore une bonne demi-heure à tenter diverses expériences. Elles ne lui apprirent rien :

– Elle est irrémédiablement partie ! réaffirma-t-il. Je reviendrai plus tard ! Pour le moment, j'ai le cerveau épais comme du pudding. Je vous enverrai un interne frais, si vous le désirez.

James Bluewinkle répondit d'un ton bourru :

– Je ne désire rien !

La présence du neurologiste et des autres lui devenait insupportable. S'il avait cédé à son irritation, il les aurait jetés à la porte.

– *All right !* répliqua Coleman, je vous l'enverrai tout de même... vers dix heures du matin. Et bien entendu, vous me reverrez avant midi. Il ne faut pas seulement penser à soi, jeune homme, il faut penser à la science.

James se sentait plein d'un mépris sans borne pour la science et pour les savants. Il s'assit au chevet d'Evelyn et ne s'occupa plus de Percy ni de ses acolytes. Au reste, ils ne tardèrent pas à disparaître.

Pendant une bonne heure, Bluewinkle demeura abîmé dans sa douleur et dans ses remords. Sous son enveloppe musculeuse, il dissimulait une âme sensible et encline à la maladie du scrupule. Non seulement, il exagérait sans mesure les menus torts qu'il avait eus envers Evelyn, mais encore il en ajoutait d'autres, chimériques. Il s'accusait surtout de n'avoir pas su rassurer la jeune femme et plus encore du furieux mouvement de jalousie qui s'était emparé de lui, pendant qu'elle puisait la vie aux veines de David...

– Je l'ai tuée ! sanglotait-il...Elle valait mieux que moi.

À travers le mirage du souvenir, tout ce qui avait paru abominable lui semblait touchant. Pauvre créature ! Douce, craintive, et tendrement soumise, elle se reprochait comme un crime la fatalité farouche qui la condamnait. Elle aurait tant voulu vivre comme les autres !... Quelle pitié il aurait dû avoir d'elle ! Et maintenant !...

– Pardonnez-moi, Evelyn ! chuchota-t-il. Ce n'est pas vous, c'est moi qui ne savais pas ce que je faisais !

Il avait soulevé la main blanche ; il y posa un grand baiser de douleur et de repentir. La petite main était froide, mais singulièrement souple. Du reste, aucun indice de raideur ne se révélait sur le visage. Seule l'immobilité était funèbre. Il parut même au veilleur qu'Evelyn était moins pâle encore que naguère. Il y avait on ne sait quelle esquisse de teinte, quelle *aube de rose*, sur les joues fines et sur les tempes. À aucun moment Evelyn ne lui avait paru aussi charmante, même aux heures rêveuses où le crépuscule d'été atténuait la lividité de son visage...

Peu à peu, une émotion inconnue se mêla au trouble de James. C'était une oppression légère, la sensation d'un souffle, d'une *aura* mystérieuse, puis on ne sait quel enveloppement, quel passage de tourbillons impondérables...

– Je ne suis pas seul ! murmura soudain Bluewinkle... Il se passe ici quelque chose de redoutable !

Jamais il n'avait eu un tel sentiment de la vie immense et profonde qui enveloppe les faibles créatures... Grelottant, il était convaincu qu'un événement extraordinaire venait de se produire. D'abord, sa certitude demeura dans le « brouillard sans forme ». James était comme un homme qui entend au loin la rumeur d'une multitude. Elle approche ; on sait qu'elle annonce des événements ; on perçoit des paroles obscures, des plaintes, des menaces, des objurgations... Ainsi James percevait le drame invisible... Soudain, tout se dévoila et, couvrant son visage de ses mains, il balbutiait :

– Evelyn n'est *plus* morte !

Il vacillait comme un arbre dans la tempête.

*

**

Son agitation dura à peine une minute. Elle fut suivie d'un calme étrange, qui ne manquait pas de douceur. James se remit à contempler Evelyn. Elle était toujours immobile, mais *l'aube de rose* s'accentuait. Il y avait maintenant sur les joues une lueur comparable à celle de la neige des cimes, au moment où l'Alpenglühn[5] va disparaître. Aucun doute ne se levait dans l'âme de James ; il attendait, avec une foi hypnotique, le réveil de la jeune femme. Déjà, il lui semblait percevoir une vibration

___

[5] Les Suisses appellent ainsi la lueur qui reparaît parfois, après le crépuscule, sur les montagnes.

des lèvres…Et il n'éprouva aucun étonnement lorsque le rythme de la respiration souleva la poitrine :

– Evelyn ! appela-t-il d'une voix assourdie.

Elle ne s'éveilla pas tout de suite. Elle semblait dormir d'un sommeil profond et calme… Quand il l'eut appelée plusieurs fois, les sourcils se contractèrent ; elle finit par ouvrir les yeux.

Il fut tout de suite frappé par l'expression de ces yeux – expression particulièrement innocente et même naïve. D'ailleurs, il y avait sur tout le visage quelque chose que James n'avait jamais discerné sur le visage de sa femme.

– Qu'y a-t-il ? balbutia-t-elle.

Elle regardait autour d'elle avec effarement, sans paraître voir Bluewinkle. Mais soudain, un pourpre de pudeur envahit ses joues, elle s'exclama :

– Où suis-je ?…Pourquoi suis-je ici ?…Ma mère !…

Cette voix troublait tendrement James ; il était saisi d'une sorte de honte :

– Ne me reconnaissez-vous pas ? dit-il avec une extrême douceur. Je suis James…votre mari…

– Mon mari ! se récria-t-elle. Je ne suis pas mariée. Oh ! monsieur… si vous êtes un gentleman… faites venir mes parents…

Elle parlait avec une véhémence et une sincérité impressionnantes, et se cachait à demi le visage sous le drap. James se sentait positivement comme un étranger : le respect de sa race pour la pudeur des femmes le remplissait d'un sentiment de gêne insupportable.

– Ma chérie, reprit-il, il y a trois mois que nous avons été unis par le vicaire de Saint-Georges. Sûrement, vous ne l'avez pas oublié...

Elle ne répondit pas. Son front se contractait, son regard était devenu intérieur. Puis elle chuchota :

– C'est étrange !... Je vous reconnais et cependant je suis sûre de ne vous avoir jamais rencontré... et puis... je vous vois... oh ! quel rêve... quel rêve affreux !

Rien ne pouvait plus surprendre Bluewinkle : il était littéralement adapté au fantastique. Et il demanda, comme il aurait demandé la chose la plus simple :

– Êtes-vous la véritable Evelyn Grovedale ?

– Si je suis la vraie Evelyn ? fit-elle avec stupeur... Et qui donc serais-je ?

– Je ne sais pas... je ne peux pas savoir !... Je suppose que vous êtes Evelyn... Mais avez-vous un souvenir quelconque de ce qui vous est arrivé depuis... six mois ?...

D'abord la stupeur de la jeune femme parut s'accroître, puis son front se creusa ; un frémissement de terreur lui secoua tout le corps :

– Six mois ? murmura-t-elle... Y a-t-il six mois ? Je l'ignore... Mais je me souviens maintenant... j'ai été absente... très loin... dans un endroit effrayant...

VI

Ces paroles bouleversèrent James et le remplirent d'une curiosité frénétique. Elles étaient pour ainsi dire « au centre de l'énigme ». Qu'elles exprimassent une réalité ou une illusion, elles se rattachaient, avec une intensité saisissante, au destin d'Evelyn et au destin de James.

– Pardonnez-moi, dit-il d'une voix ensemble rauque et douce, si je vous fatigue ou si je vous tourmente… Mais c'est mon devoir de vous interroger. Votre avenir et votre bonheur sont en jeu. Tout ce que vous diriez à d'autres qu'à moi, même à votre mère, paraîtrait si étrange et si incroyable que votre liberté serait immanquablement menacée. Personne ne sera disposé à vous croire. Moi seul suis capable de vous juger avec indulgence, avec confiance, avec le plus ardent désir de connaître la vérité. Aussi, je vous supplie de souffrir ma présence, pendant le temps utile et de me répondre sans réticence. C'est indispensable !…

Elle l'écoutait, grave et mélancolique, rassurée par son accent et par son regard :

– Je veux bien ! dit-elle avec un léger frisson…

Il réfléchit. Son exaltation se disciplinait ; il avait repris cet empire sur soi-même que les Anglo-Saxons ont presque au même degré que les Nippons, et il mêlait à un mysticisme amplement justifié par les circonstances, l'esprit méthodique de sa race.

– Vous dites que vous ne me connaissez pas, reprit-il avec sang-froid. *En êtes-vous bien sûre ?*

– Tout à fait sûre, répondit-elle.

Elle aussi s'efforçait d'être calme ; ses lèvres tremblantes trahissaient son agitation.

– Par conséquent, vous n'admettez pas que nous nous sommes mariés... vous n'admettez pas que nous avons passé près de trois mois ensemble.

– Je suis absolument certaine du contraire.

Il ouvrit une armoire, en tira une liasse de lettres et une large feuille de papier parchemin.

– Voici des lettres que vous m'avez écrites, dit-il... Voici le certificat de notre mariage.

Elle regarda avidement les lettres, puis le certificat, toute tremblante d'émotion.

– Je reconnais mon écriture ! fit-elle d'une voix étouffée. Je reconnais même le texte des lettres... mais ce n'est pas *moi* qui les ai écrites !

– Vos parents, vos sœurs, votre frère, vos amis, tout le monde enfin vous affirmera que vous êtes ma femme... tout le monde vous dira que nous avons habité cette maison depuis notre mariage ! Essayez de faire appel à vos souvenirs ; tâchez de regarder au plus profond de vous-même...

Elle eut une sorte de plainte :

– Je vous jure que je n'ai jamais été votre femme.

– Et par conséquent vous ne vous souvenez d'aucun des événements de nos fiançailles ni de notre vie commune ?

– Je me souviens parfaitement des événements de vos fiançailles et de votre vie avec *une autre*, répondit-elle en devenant alternativement très rouge et très pâle.

– Et comment pouvez-vous vous en souvenir ?

– Je l'ignore. C'est en moi comme un rêve... comme quelque chose à quoi j'aurais participé d'une façon mystérieuse et étrangère... ou plutôt comme quelque chose qui aurait été mêlé à moi, par je ne sais quelle intervention surnaturelle.

De grosses gouttes de sueur couvraient le front de James :

– Alors, reprit-il, vous pouvez voir cette autre personne chez vos parents, devant le vicaire de Saint-Georges et enfin dans cette maison ? Vous savez aussi que j'ai été malade et qu'*elle* en était cause ? Vous savez qu'elle est devenue malade à son tour et qu'elle a été soignée par le docteur... vous devez connaître le nom du docteur ?

– Le docteur Percy Coleman, dit-elle, dans un souffle.

– *By God* ! s'exclama-t-il en levant les mains vers le plafond. Est-il possible que vous ayez des souvenirs aussi exacts sur une autre personne, et sur une personne que vous n'avez jamais vue ? Est-ce qu'il ne vous paraît pas infiniment plus naturel de croire que cette personne, c'est vous-même ?

– Plus naturel, peut-être... Contre la vérité, assurément ! s'exclama-t-elle, d'un tel ton de certitude que James en tressauta.

Mais il était résolu à ne tenir aucun compte de ses impressions :

– Pouvez-vous me dire, à peu près, à quelle date se passèrent les derniers événements terrestres dont vous vous souvenez... J'entends les souvenirs qui concernent la vraie Evelyn Grovedale.

Elle réfléchit pendant quelques secondes et répliqua :

– Je ne sais pas au juste si c'est le 27 ou le 28 mars, mais assurément c'est le 28 au plus tard.

James alla prendre un *Daily Mail* qui traînait sur une table et montrant la date :

– 2 octobre 1903 ! s'exclama-t-elle, stupéfaite.

– Par conséquent, il y a plus de six mois que *vous ne savez rien de vous-même*...N'est-ce pas absurde ?

Elle haletait. Une lueur de détresse étincelait dans ses yeux dilatés :

– Alors, reprit-elle avec accablement, j'ai été six mois *là-bas*.

– Mais songez-y bien : votre corps était ici...Tout le monde vous le dira...

Elle demeura éperdue. Une affliction effarée couvrait son charmant visage, et le sillon qui se creusait entre ses sourcils décelait la tension de son esprit.

– C'est terrifiant ! balbutia-t-elle... Mais qu'y faire ?... J'ai donc été absente six mois et mon corps ne m'a pas suivie !

– Et votre corps vivait !

Elle se cacha le visage et poussa un gémissement :

– Pauvre créature que je suis !

– Voyons, murmura James avec la plus vive tendresse, ne pouvez-vous pas me dire *où* vous avez été ?

– Hélas ! soupira-t-elle en tremblant de tous ses membres, je chercherais en vain à vous le dire, je chercherais en vain à vous en donner la moindre idée. Cela ne ressemble à rien de ce que vous connaissez, à rien de ce que connaît mon corps. C'est un endroit épouvantable, où je n'ai pas cessé de souffrir.

– Il y avait d'autres êtres ?

– Il y avait toutes sortes d'êtres.

– Et des êtres humains ?

– Des êtres comme moi.

Une sorte de lueur passa sur le front d'Evelyn :

– Oui… comme moi… *comme j'étais là-bas !* Des êtres qui ressemblaient à des créatures humaines et qui cependant étaient différents. Ah ! je pressens maintenant pourquoi mon corps était resté ici.

Il y eut un silence. James sentait qu'il ne devait pas prolonger davantage ce poignant interrogatoire. Dans l'état de faiblesse où était la malade, c'eût été féroce :

– Vous avez besoin, dit-il, de reprendre des forces. Je vais faire appeler un médecin, et je ferai aussi venir vos parents. Toutefois, je voudrais encore vous demander – et, sur mon honneur de gentleman, à cause de vous seule – je voudrais encore vous demander une faveur. Puisque vous savez ce qui s'est passé entre moi et *l'autre*, vous n'ignorez pas pourquoi j'ai consulté d'abord Coleman… Eh bien ! je voudrais que vous consentiez pendant deux ou trois minutes à appliquer vos lèvres sur ma main et à faire comme vous savez.

Elle hésita, les joues envahies d'un flux rose, puis, touchée par l'attitude respectueuse de Bluewinkle, elle eut un signe d'assentiment…

– Rien… absolument rien ! fit James lorsqu'il retira sa main.

Et examinant les lèvres de la jeune femme, il ajouta avec un long frémissement :

– *C'est une autre créature !*

VII

Un quart d'heure après l'appel téléphonique de Bluewinkle, le docteur Coleman arriva dans un état d'agitation véhémente qu'il ne se donnait pas la peine de dissimuler. Il amenait le géant David et une miss mafflue, aux joues groseille, qui, à chaque sourire, montrait des fossettes assez profondes pour y fourrer des billes.

– Par Dieu et le général Kitchener ! s'exclama-t-il, vous ne m'avez pas mystifié ? La jeune lady est bien vivante ?…

– Elle est vivante, répondit James.

– David ! cria le neurologiste, il y a de quoi rendre malades de joie tous les occultistes de l'empire…Mais je n'en croirai rien jusqu'à ce que je l'aie vue… Est-elle faible ? ajouta-t-il en s'adressant à James.

Le jeune homme eut un geste évasif.

– Elle doit être plus faible qu'une mouche en novembre, affirma Coleman. Et, vous voyez, j'ai apporté des provisions.

Il montrait David, et surtout la demoiselle mafflue.

– Un vrai petit tonneau de sang ! grommela-t-il. Il m'a paru hier que notre intéressante malade montrait un peu de répugnance à s'abreuver chez notre ami David…De la pudeur, hé ? Sans doute préférera-t-elle un liquide féminin… *By Jove !* Annie ne regardera pas à quelques rasades !

– Je ne crois pas qu'Evelyn en ait besoin, fit James avec contrainte.

Percy lui jeta un coup d'œil soupçonneux.

– Vous n'avez pas pris les devants ! s'exclama-t-il d'un ton de reproche.

– Je l'aurais fait si cela avait été utile…Mais…

– Bon ! Bon !… ricana Coleman… Nous allons tirer ça au clair.

Il avait froncé les sourcils ; mais, dès qu'il vit Evelyn, son visage s'épanouit.

– Bonjour, mon joyeux phénomène, ma délicieuse anomalie ! dit-il. Que votre cœur soit béni !

Il s'approcha, de l'air d'un pêcheur qui craint de voir s'échapper quelque poisson extraordinaire, et il tâta doucement le poignet de la jeune femme…

– Soixante-seize ! s'exclama-t-il après un silence… Un pouls aussi régulier et aussi sain que mon chronomètre…

Les battements du cœur et le souffle ne se décelèrent pas moins réguliers. Percy le constatait avec un mélange de satisfaction et d'inquiétude.

– *Awful !* Elle est absurdement normale, ce matin… Et puis, ce teint…Où a-t-elle chipé ce teint ?

Peu à peu, son visage se renfrognait. Il se renfrogna davantage quand il eut terminé l'examen.

– C'est stupide ! On dirait la première venue…

– En tout cas, remarqua David, elle a l'air diablement affaiblie.

Cette observation fit reparaître un sourire d'espoir sur les lèvres de Coleman.

– C'est juste, fit-il en se frictionnant les paumes. Il est même grand temps de lui rendre des forces.

Il se pencha d'un air aimable.

– Préférez-vous David, ou bien Annie ?

Une vive rougeur couvrit les joues d'Evelyn.

– Ni l'un ni l'autre ! chuchota-t-elle.

– Ni l'un ni l'autre ! Vous perdez la tête, se fâcha Coleman. Je vous dis que vous avez besoin de vous restaurer... Annie, ma bonne fille, apportez-nous votre bras.

Annie produisit un bras rond, dodu et rose.

– Frais comme une source et sain comme l'air des Highlands ! fit Percy d'une voix insinuante... Ah ! ah ! vous allez vous en donner des forces !

Mais Evelyn détournait la tête.

– Elle ne peut *plus !* intervint James, qui, afin d'affermir encore ses convictions, avait assisté à la scène sans rien dire.

– Comment ! Elle ne peut plus ! clama le neurologiste, dont le visage devint pourpre. Est-ce que vous vous moquez de Percy Coleman ? Est-ce que je peux répondre de sa vie si elle persiste dans son absurde refus ?

Il y eut un silence. Coleman se promenait de long en large, les yeux phosphorescents. James attendait, avec le désir d'une solution définitive, tandis que David et Annie gardaient l'attitude ruminante de deux jeunes Anglo-Saxons aux nerfs lourds. Après une minute de promenade, Percy reprit son empire sur soi-même.

– Madame, dit-il avec autant de douceur qu'il en put mettre dans une voix naturellement rude... ce que je vous demande est indispensable. Avant de prescrire des remèdes et un régime, il faut que je sache où vous en êtes… Vous devez le comprendre, et je suis sûr que vous allez obéir !

Un petit frisson secoua les épaules d'Evelyn. Puis elle se tourna avec un air de résignation, fit signe à Annie d'approcher et appliqua ses lèvres sur le bras rose…

– Voilà une bonne créature ! proféra Percy avec attendrissement.

Quand Annie retira son bras, on y voyait une marque rougeâtre, mais ni l'examen de cette marque ni l'examen de la bouche d'Evelyn ne révélèrent la moindre trace de sang. La déception de Coleman fut terrible. Il regardait alternativement James et Evelyn, comme il aurait regardé un couple d'escrocs ou de faussaires ; il finit par dire, suffoqué :

– Alors, il n'y a *plus rien ?*… Alors, elle n'est pas plus malade que David ni plus anormale qu'Annie ? Et c'est pour ça que j'ai fait faux bond à la duchesse de Mousehill et à lord Fathead ?…C'est dégoûtant !…C'est sinistre ! *Good bye !*

Peu s'en fallut qu'il ne fît claquer les portes.

*

**

À peine était-il sorti que la servante vint annoncer mistress Grovedale. Cette excellente créature entra avec une impétuosité que contrariait sa structure volumineuse et se jeta au cou d'Evelyn, tandis que James se retirait discrètement. Il suffisait de voir pendant cinq minutes mistress Grovedale et de lui entendre proférer quelques phrases pour concevoir l'innocence de son âme. Evelyn lui rendit son étreinte avec ferveur et l'embrassa tendrement, mais elle comprit vite qu'il était impossible de lui faire la moindre confidence.

– Chérie ! criait mistress Grovedale d'une voix haletante... pauvre petite chose... ma pâquerette... *My love*... Vous n'êtes pas malade ?

– Un peu indisposée seulement...Et père ?

– Père est à Liverpool, ma tourterelle...pour une affaire de nickel. Il ne reviendra pas avant une semaine.

Des paroles sans nombre jaillirent des lèvres de la vieille dame, des propos anglais, plus ternes, plus insipides, plus incohérents que les propos d'un Botocudo. Evelyn les écoutait comme on écoute les cuics d'un moineau ; elles lui rappelaient l'immense et délicieuse simplicité de l'enfance, mais elles la confirmaient dans l'idée de garder pour elle son secret redoutable. Pensive, elle laissait déferler la voix maternelle ; elle pouvait répondre au petit bonheur, sans avoir à craindre de quiproquo. D'évidence, James avait raison. Tous ceux à qui elle confierait son aventure la croiraient démente. On est toujours seul en ce monde ; mais, pour avoir touché à l'*au-delà*, elle l'était plus encore que les autres ! Bluewinkle seul était capable de la comprendre...et si peu !

Elle soupira, tandis que mistress Grovedale lui faisait boire une tasse de beef-tea[6] apporté par la servante. Puis elle tomba dans une rêverie mélancolique. Que faire ? Quelle serait sa destinée ?...Tout à la fois, elle était une jeune fille et une jeune femme. Une partie de son être avait incontestablement appartenu à Bluewinkle. Cette partie conservait des souvenirs qui faisaient tressaillir Evelyn et qui la révoltaient. Son mariage lui apparaissait comme une violence exercée sur sa personne pendant un profond sommeil. Et, malgré tout, James n'était pas coupable !... Elle lui en voulait cependant ; elle était saisie de

---

[6] Littéralement : thé de bœuf. Espèce de consommé.

honte à la pensée de cet étranger qui la connaissait si intimement et qui ne la connaissait pas du tout !

À plusieurs reprises, elle fut sur le point de supplier mistress Grovedale de la ramener au *home* ; chaque fois, elle reculait devant l'idée de fournir des explications à l'excellente créature. Elle aurait pu mentir, mais le mensonge la dégoûtait... Elle laissa finalement partir sa mère sans avoir pris une décision, puis elle se fit vêtir par la femme de chambre et, étendue sur une chaise longue, elle attendit James.

Lorsqu'il se montra, le trouble d'Evelyn s'accrut jusqu'à devenir intolérable. Lui-même était très gêné. Tous deux se sentaient beaucoup plus séparés encore qu'ils ne l'étaient avant la visite de mistress Grovedale, mais James ne retrouvait pas la crainte et l'inquiétude que lui inspirait l'*autre* ; celle-ci lui apparaissait plus fraîche, plus charmante, – *virginale*... Et il subissait une inclination passionnée...

Elle, d'autant plus que l'aspect physique de James était selon son goût, se sentait humiliée, ulcérée, pleine de rancune.

– C'est atroce ! finit-elle par dire. Il est impossible... totalement impossible que nous vivions ensemble... J'en deviendrais folle !

VIII

James l'écoutait avec mélancolie. Il la comprenait, il sentait combien la situation devait lui paraître « shocking », il avait une honte bizarre de lui-même, comme s'il s'était conduit déloyalement avec elle. Tout cela ne faisait qu'accroître son goût pour Evelyn. Ce jeune homme intelligent, mais simple à la manière du « gros tas » britannique, éprouvait des sentiments plus complexes qu'un Parisien averti par des fréquentations raffinées et par des lectures trop subtiles. C'était la faute des circonstances. Rien ne pouvait faire qu'il n'eût adoré ce corps charmant ; rien ne pouvait faire que la séduction de ce corps ne fût « rajeunie ». Et – tentation innocente, mais équivoque, invincible aussi – c'était un grand attrait qu'Evelyn fût ensemble sa femme et une autre femme. On a beau être Anglo-Saxon jusqu'au bout des phalanges, on garde tout de même quelque trace de l'antique instinct des patriarches.

« Enfin ! songeait-il…c'est bien elle que j'ai cru épouser !… Elle m'appartient aussi honnêtement pour le moins que ma fortune ! »

Il était trop gentleman pour faire état de ses droits ; il répondit avec déférence :

– Vous êtes libre. Je suis incapable d'exercer contre vous la moindre contrainte. Mais, après tout, vous ignorez ce que vous penserez et ce que vous sentirez demain… Je respecte votre première impression, qui est noble, mais il n'est pas possible de supprimer les événements : rien ne prouve que la situation ne finira pas par s'imposer à vous… Je suis *tout de même* votre mari…Et, de toutes les solutions, la plus honorable est que…

Elle l'interrompit d'un geste fiévreux.

– Ce mariage est nul ! Même si je vous aimais, – et je crois que c'est désormais impossible, – jamais je ne vivrais auprès de vous, à moins d'un mariage nouveau !

– Écoutez, reprit-il. Il y a bien des manières d'attendre et d'arranger les choses…Puisque vous ne voulez pas habiter avec moi, vous retournerez chez vos parents, ou vous habiterez seule notre « home »…Je trouverai les prétextes nécessaires. Je ferai des voyages. Mais, ce que je vous demande humblement, c'est de me recevoir quelquefois, en compagnie des vôtres, si vous voulez, ou bien de me rencontrer dans des endroits publics. J'ai absolument besoin « d'essayer ma chance »[7].

– Et pourquoi voulez-vous essayer votre chance ? demanda-t-elle amèrement.

– Parce que je vous aime…

– Alors, vous n'aimiez pas l'autre ?

– Je veux être sincère : je l'aimais. Mais comprenez-moi bien : je l'aimais comme on aime presque toujours les gens… sans bien la connaître – et avec une certaine horreur, très naturelle, n'est-ce pas ?

– Oui, avoua-t-elle, très naturelle. Seulement, vous me connaissez encore bien moins.

– Eh bien, je ne crois pas. Les détails de votre caractère m'échappent certainement. Mais je sens votre fierté, votre pureté, votre horreur du mensonge. C'est le principal d'une nature morale ! Enfin, quelque chose *veut*, depuis que les hommes existent, que nous aimions aussi nos semblables pour

---

[7] Littéralement traduit de l'anglais : *to try my chance.*

leur nature physique… Cela vient de plus loin et de plus haut que nous…C'est la loi ! Nous devons l'accepter !

Cette argumentation s'adaptait trop à la mentalité anglaise d'Evelyn pour qu'elle y trouvât à redire. Elle baissa la tête, elle répéta d'un air rêveur :

– Nous devons l'accepter !

Elle reprit :

– Soit. Je ne puis pas refuser de vous revoir quelquefois. Je le ferai par devoir, à condition que cela ne dure pas trop longtemps.

– Vous fixerez vous-même le délai.

– Trois mois vous suffisent-ils ?

– Oui, soupira-t-il, trois mois suffiront…

Un nouveau silence. Bluewinkle s'était levé et regardait par la fenêtre. Il avait le cœur gros. Plus que tout, l'idée qu'Evelyn quitterait le « home » lui était insupportable.

Il finit par dire :

– Vous êtes encore trop faible pour vous déplacer. Voici ce que je propose. Je partirai ce soir même en voyage. La femme de chambre et la cuisinière sont d'excellentes créatures, sur la bonne conduite desquelles vous pouvez faire *fond*. Votre famille viendra vous voir aussi souvent que vous le désirerez. Ainsi, tout sera correct et confortable !…

« C'est pourtant un gentleman ! » songea Evelyn.

Et elle lui tendit la main. Mais, dès qu'elle toucha les doigts de James, elle devint pourpre : la même honte et la même rancune qu'elle avait si violemment ressenties naguère bouillonnèrent dans sa poitrine.

La petite main se retira vivement ; James sortit de la chambre, pensif et misérable.

*

**

Il fit ses préparatifs de départ et ne revit pas Evelyn de toute la journée. Ce furent des heures lugubres. Il était en proie à ce chagrin *immobile*, si l'on ose dire, qui ravage si profondément les hommes du Nord. En même temps, il souffrait de ses pensées. Elles eussent été anormales chez n'importe quel homme ; elles étaient intolérables pour un jeune Anglo-Saxon qui a toujours vécu sous le régime d'une discipline morale où l'imprévu même ne suscite guère de contradictions. Il s'effrayait des aspects bizarres que prenaient chacun de ses regrets ou de ses désirs et des nuances dont se revêtaient ses moindres actes. Tout cela s'ajoutait au regret de quitter Evelyn et lui donnait la fièvre. Il avait par moments envie de partir pour l'autre bout du monde, de s'enfoncer dans les déserts blancs du pôle Sud ou dans les déserts sableux de l'Australie torride.

Après le crépuscule, il fit venir une voiture et alla faire ses adieux à sa compagne.

Il la trouva étendue sur une chaise longue, un peu faible encore, mais si fraîche, si « éclairante », avec de si beaux yeux d'enfant, qu'il se sentait chavirer d'amour.

– *Farewell* ! dit-il. Soyez heureuse.

– Comment pourrai-je l'être ? fit-elle à mi-voix.

Il avait froid au cœur. Il ne pouvait s'empêcher de trouver injuste que cette créature, qui était si fortement de sa race, ne l'aimât point, alors que l'autre, venue des gouffres de l'au-delà, l'avait aimé...

Quand il fut dans le hackney, il se pencha à la portière. Evelyn était là, derrière ces vitres claires…

– Si elle pouvait seulement soulever le rideau !…

Il l'espéra ; il darda vers la croisée un long regard d'appel… Mais rien ne bougea.

Le hackney s'enfonça dans la brume.

IX

James fit un tour sur le continent. Il visita docilement les musées, les monuments, les théâtres, les paysages que lui imposait son guide. Il consignait sur un carnet de route la valeur marchande des tableaux célèbres, l'âge des églises, la hauteur des tours, la largeur et la profondeur des fleuves, le tarif des voitures, la population des villes et l'importance des ports.

Ces travaux ne le distrayaient guère.

Il songeait à Evelyn Grovedale pendant que les gardiens des tombeaux ou des temples lui donnaient des renseignements précis sur les héros, les saints, les reliques et l'outillage des cultes. Il y songeait encore pendant que les apothicaires de Poquelin agitaient leurs vastes seringues, que Phèdre aguichait le fils de Thésée ou qu'un cygne traînait l'embarcation du mystérieux Lohengrin.

Même le « t'champaigne » ne parvenait qu'à exalter sa peine. Il termina son voyage à Florence, d'où il revint directement à Londres, aussi mélancolique et plus amoureux qu'il n'en était parti.

Il avait annoncé son retour et l'heure de son arrivée. Un joli brouillard jaune ouatait la ville, à travers lequel on voyait un petit soleil rouge, semblable à un pain à cacheter. Evelyn se trouvait assise auprès d'un feu de wall's end, charbon bitumineux, lourd et chaud, qui donne des flammes longues, propres à faire naître la rêverie. Elle rêvait, effectivement, pleine de sa jeune grâce triste, tout illuminée de sa grande chevelure, où se mêlaient les nuances des pailles de froment et d'avoine.

Elle semblait moins nerveuse et beaucoup plus résignée. La présence de James ne parut pas autrement lui déplaire. Dans le fait, elle la distrayait presque. Aussi parlèrent-ils, avec monotonie et douceur, de ces choses innocentes qui entretiennent les causeries britanniques. Mais Evelyn demeurait lointaine.

Au moment où il allait se retirer, elle dit :

– Je ne dois pourtant pas abuser de votre bonté... je compte retourner ce soir chez mes parents !

– Cela me ferait beaucoup de peine ! soupira Bluewinkle... Et que leur diriez-vous ?... Il vaudrait mieux que j'habite le premier étage et que vous demeuriez au rez-de-chaussée. Vous ne me verriez pas... à part quelques minutes chaque jour. Je prétexterais des affaires et j'irais prendre mes repas en ville.

– Cela vous gênerait terriblement, dit-elle.

– Pas du tout !... Ce qui nous gênerait l'un et l'autre, tant que nous n'aurons pas pris une résolution définitive, ce serait cette séparation, – incompréhensible pour vos parents et pour tous. Je vous supplie de réfléchir au moins pendant quelques jours...

Elle savait qu'il avait raison. D'avance, elle redoutait les questions candides de sa mère, et surtout le mécontentement de mister Grovedale, qui avait un sens aigu et presque tragique de la respectabilité.

– Puisque vous le voulez... et que cela vous dérange moins que mon départ, dit-elle après avoir regardé pensivement les longues flammes des wall's end, je resterai ici quelque temps encore.

Quinze jours coulèrent. Comme James se levait plus tôt qu'Evelyn, il semblait naturel qu'il prît solitairement le thé, les œufs, le bacon, les toasts et la marmelade d'oranges du premier repas. Il lunchait et dînait dehors.

Pour sauver les apparences, Evelyn lui accordait des entretiens qui se trouvèrent moins désagréables qu'elle ne l'avait appréhendé. Peu à peu, ils en revinrent à causer de leur incroyable aventure. Elle était, à la vérité, la cause de leur séparation, mais elle était aussi un secret passionnant, quelque chose qui rendait leur destinée unique parmi les destinées humaines et les faisait en quelque sorte complices.

Evelyn sentait bien qu'elle aurait pu s'attacher à ce grand garçon candide, généreux et tendre, mais chaque fois qu'elle songeait à la possibilité d'être sa femme elle rougissait à la manière de la comtesse Aimée de Spenssi, dont Barbey dit que « son front, ses joues, son cou… jusqu'à la raie nacrée de ses étincelants cheveux d'or, tout s'infusait, s'inondait d'un vermillon de flamme »[8].

Evelyn avait maintenant complètement repris ses forces. Elle allait régulièrement voir la bonne mistress Grovedale, la jeune Harriet et le jeune Jack. Jamais sa santé n'avait paru plus solide ; son teint pouvait défier la fraîcheur et l'éclat des teints de babies, – de ces babies éblouissants qui se roulent sur l'herbe émeraudée de Hyde Park ou dans les squares verdoyants de West End.

Brusquement, il lui vint des malaises. C'était le plus souvent au matin, mais parfois aussi en plein jour, au milieu d'une promenade, d'une lecture ou d'une visite…

Un après-midi, mistress Grovedale, la voyant devenir toute pâle et chanceler, s'agita.

---

[8] Le chevalier des Touches.

– Vous n'êtes pas bien, pauvre petite chose ! cria-t-elle. Vous devenez pâle comme cette soucoupe.

Elle criait emphatiquement, avec des gestes de moulin à vent. Evelyn avoua ses malaises. Mistress Grovedale, en l'écoutant, passa graduellement de la crainte à l'espérance.

– Darling ! fit-elle d'un air inspiré, je crois qu'il est temps que vous voyiez un médecin…ou peut-être préféreriez-vous une doctoresse ?

Elle souriait presque, – elle avait un air tendre, mystérieux et burlesque.

Voyant qu'Evelyn ne comprenait point, elle haussa les épaules.

– Savez-vous ? dit-elle. Nous irons tout de suite… nous irons chez mistress Tinyrump… c'est à l'autre bout du square. Mistress Tinyrump connaît les maux des ladies… Et oh ! Lord, comme je voudrais…

Elle ne dit pas ce qu'elle voudrait et attira Evelyn sous les rouvres et les hêtres rouges du square, jusqu'à la demeure de mistress Tinyrump.

Cette dame était chez elle. Elle montra des cheveux pareils au poil du renard, un museau de hamster, un sourire affable. Elle interpréta instantanément la télégraphie de mistress Grovedale et interrogea Evelyn, qui, peu à peu, était devenue fort pâle.

Un examen fut jugé nécessaire ; mistress Tinyrump le pratiqua avec minutie ; puis elle secoua la tête d'un air de sibylle, en proférant :

– On ne peut pas être sûre, mistress, on ne peut pas encore !…Mais je jurerais…

Elle baissa la voix pour donner son pronostic, et Evelyn se mit à trembler de tous ses membres.

Quand James rentra, le soir, il alla faire sa visite accoutumée. Il vit la jeune femme affaissée dans un fauteuil, le visage brouillé de larmes et les yeux pleins d'un désespoir inexprimable.

– Qu'avez-vous ? demanda-t-il avec sollicitude.

– Oh ! c'est si horrible ! gémit-elle…si horrible !

Elle éclatait en sanglots, la face appuyée sur son bras, et il demeura là, inquiet, étonné et curieux. Comme elle ne répondait pas à ses questions, il prit le parti d'attendre.

Finalement, les sanglots s'apaisèrent. Il y eut un long silence. On n'entendait que le murmure du feu, le son étouffé d'une cloche, le roulement d'un cab dans la rue voisine. Bluewinkle contemplait ce corps flexible, à demi-renversé, les ondes éparses de la chevelure et le cou blanc qu'agitait, par intervalles, un tressaillement.

– Eh bien ? reprit-il avec douceur.

Elle releva la tête. Sa bouche était farouche, sa face hagarde, ses grands yeux pleins d'une flamme de fièvre et de terreur…

Tout à coup, elle dit, d'une voix basse et concentrée :

– J'ai peur…je vais avoir un enfant !

Comme il se penchait, saisi d'une joie obscure, elle cria, dans un délire d'épouvante :

– Un enfant d'une autre femme… un enfant d'un autre monde !…

X

Pendant trois mois, Evelyn mena une existence affreuse. Elle avait le sentiment continu d'être la proie de forces mystérieuses et ennemies ; elle connaissait les affres des tristes créatures qui, aux siècles abolis, se croyaient possédées par le démon. Plus seule encore que naguère, son mal semblait sans remède, et ceux qu'elle aimait le plus – sa mère même – étaient totalement incapables de comprendre sa peine…Il n'y avait que ce James !... Pendant plusieurs semaines, sa présence fut insupportable à la jeune femme. Elle ne lui tendait même plus la main. Elle l'écoutait en silence, prostrée ; elle lui disait à peine une parole, à l'arrivée et au départ ; et son aversion croissait les jours où elle avait un sentiment plus aigu de sa propre injustice.

Après le troisième mois, l'affliction et le dégoût persistèrent, mais il s'y mêla de la résignation. Evelyn céda alors à ce besoin de la confidence, qui est un trait dominant et irrésistible de l'être social. Elle expliquait les nuances de son supplice, elle essayait surtout de faire comprendre cette lutte qui se livrait en elle et où elle discernait si nettement une influence extra-terrestre.

– Oh ! s'écriait-elle, un soir de février, tandis que la neige s'épaississait sur Londres… je sens si bien que je suis une condamnée et une esclave…

Il l'écoutait avec une patience qui ne se démentait jamais. Et tout en regardant, par le rideau écarté, tomber les plumules argentines, il se mit à dire :

– C'est pourtant votre enfant aussi !

– Non ! non ! fit-elle avec véhémence… ce n'est pas mon enfant !

– Réfléchissez, reprit-il…Peut-être ne l'était-il pas d'abord, ou très peu…je ne sais pas ! Mais il l'est chaque jour davantage ! Depuis bien des mois, n'est-il pas nourri de votre sang ? N'est-ce pas votre force qui le soutient…n'est-ce pas votre vie qui le fait vivre ? Pensez à tout ce qu'il aura reçu de vous, lorsque enfin il verra le jour !

Ces paroles la frappèrent. Elle demeura quelque temps rêveuse, puis elle objecta, mais avec moins de dégoût et d'amertume :

– Est-ce que ce n'est pas pire ?

– Peut-être, si c'était un être abominable. Mais pourquoi serait-il abominable ?

– Parce que l'*autre* l'était !

– Non ! répondit énergiquement le jeune homme. Elle était étrange, sans doute… mais je peux vous assurer et, en consultant les souvenirs qu'elle a laissés dans votre cerveau, vous-même pouvez vous convaincre que c'était une bonne créature…digne d'être plainte et même aimée !

– C'est vrai ! murmura Evelyn.

Pendant quelques minutes, elle se sentit presque rassurée. Mais, tout à coup, elle blêmit, ses lèvres frémirent.

– Et si cet enfant est un vampire ? cria-t-elle.

James, à son tour, devint pâle ; car, à mesure que le temps avançait, il se sentait envahir par la tendresse paternelle.

– Ce n'est pas probable, riposta-t-il.

Depuis ce soir, Evelyn ne lui montra plus aucune aversion. Elle le recevait amicalement ; leur causerie se prolongeait parfois pendant plus d'une heure. L'hiver coula, le printemps envoya ses petites fées tisser les feuilles des arbres et les corolles des fleurs, les tempêtes d'équinoxe rugirent sur les cheminées ; puis la date approcha, qui devait marquer pour Evelyn une double délivrance.

Ce fut à la fin de mai. Les crépuscules se prolongeaient interminablement dans le firmament londonien ; Big Ben, au haut du Parlement, sonnait à peine deux fois l'heure entre les dernières lueurs de la brume et les argentures de l'aube. Evelyn connut une nuit effroyable, où tout son être craqua dans les tortures... Au matin, un petit mâle poussa sa première plainte. Seulement, au lieu d'être rouge et pareil à une grenouille, comme ses congénères, il était fantastiquement pâle et les traits déjà amenuisés.

– *What a love !* cria à tout hasard mistress Grovedale... Et tellement votre portrait, darling !

C'était exact, mais Evelyn ne voyait pas la forme du visage ; elle était terrorisée par cette pâleur, qui n'était vraiment *pas de ce monde*.

– Un fantôme ! chuchota-t-elle.

Et elle n'osait pas prendre le nouveau-né dans ses bras. Cependant, sa fatigue était si grande et elle ressentait un tel sentiment de délivrance qu'elle sombra dans le sommeil. Ce fut un sommeil très long, à peine entrecoupé d'un court réveil vers le soir.

Le lendemain, quand elle s'éveilla, elle aperçut une jeune femme qui venait de saisir l'enfant et lui offrait le sein.

– Mistress Tinyrump ne veut pas que vous nourrissiez... Vous avez besoin de réparer vos forces ! dit mistress Grovedale.

Evelyn ne répondit pas, hypnotisée par le spectacle de la petite bouche, qui avait saisi l'aréole bise de la nourrice. Des minutes frissonnantes s'écoulèrent. On voyait trembloter le menu visage. L'accouchée, à mesure, se sentait prise d'une joie subtile et profonde...

À la fin, elle dit :

– Donnez-le-moi !

La nourrice tendit le nouveau-né ; Evelyn ne cessait de regarder les petites lèvres. Elle avait un grand sourire, son cœur palpitait de bonheur : les lèvres étaient pleines de lait !

*

**

Depuis la veille, James attendait avec inquiétude. Lorsque mistress Grovedale lui avait montré le baby, un grand frémissement l'avait secoué : il reconnaissait trop bien cette pâleur prodigieuse, il retrouvait devant la frêle créature la crainte et l'horreur qui l'avaient agité avant *le retour d'Evelyn*. Il passa une journée chagrine et une nuit misérable ; son cœur était plein de tendresse pour l'enfant, comme il était plein d'amour pour la jeune mère. C'était l'heure de la destinée. Si le pauvre petit ne pouvait se nourrir que de sang, comment le mener à travers la vie ? Sans doute, il faudrait se résigner à perdre définitivement Evelyn.

Il songeait à ces choses, lorsque la femme de chambre vint desservir son breakfast, auquel il n'avait pas touché, et lui dit :

– Madame désire parler à monsieur.

Il n'osa pas descendre tout de suite ; il était comme un joueur qui hésite avant de risquer sa mise...

Quand il pénétra dans la chambre et qu'il aperçut le petit dans les bras d'Evelyn, il respira plus librement. Le visage de la jeune femme était paisible, ses yeux clairs et sans fièvre. Quand James fut proche, elle chuchota :

– C'est un enfant comme un autre !

D'un geste presque imperceptible elle montrait la nourrice, qui se tenait au fond de la chambre, et, pour la première fois, il sentit une pression franche répondre à sa pression de mains.

Des jours très doux coulèrent. Dans la grande lumière de juin, au parfum des pollens et des verdures qui montaient du jardin par les larges baies de la chambre, ils sentaient peu à peu s'éloigner l'aventure surnaturelle. La vie terrestre les ressaisissait et les consolait ; le mauvais passé devenait un songe...

Un après-midi qu'ils avaient causé plus longtemps que d'habitude, ils furent surpris par le crépuscule. Une fournaise s'allumait là-bas, parmi les arbres ; des peuplades d'oisillons, filant à travers les échancrures des demeures et des murailles, s'abattaient sur les branches, parmi les ramilles, sur la saillie des toits, avec des sifflements de bonheur.

James avait saisi la main d'Evelyn ; et, comme elle ne la retirait pas, il dit à voix basse :

– Pourquoi ne seriez-vous pas ma compagne ?

Elle ne répondit pas tout de suite, songeuse. Une énergie simple et naïve l'animait ; elle savait qu'elle pourrait vivre de longs jours avec ce grand garçon tendre, mais elle sentit des obstacles qui s'élevaient en elle, et elle soupira :

– Je ne puis pas vous répondre encore.

*

**

Ils atteignirent le mois de juin. À part sa fantastique pâleur, l'enfant demeurait normal. La nourrice, qu'il avait d'abord presque effrayée, le prenait en affection. Il criait rarement, il avait de grands yeux glauques, un peu plats, qui semblaient déjà reconnaître les choses et les êtres. James l'adorait, et Evelyn, malgré des retours de crainte, s'attachait à sa singulière petite personne...

– Il n'est pourtant pas comme les autres enfants, disait-elle parfois à Bluewinkle.

Il affirmait le contraire et, bien Anglo-Saxon en ceci, il se forçait à le croire par devoir paternel, par amour du conformisme, peut-être aussi parce qu'il sentait que sa chance d'être aimé par Evelyn en dépendait.

Leur intimité se consolidait. Un matin qu'il lui avait dit des paroles tendres, Evelyn répondit :

– Mais vous savez que je ne me considère pas comme votre femme. Comment faire pour nous marier ?

Il tâcha de la raisonner. Il lui montra qu'ils étaient mariés devant les hommes et que, par suite, il suffisait de leur consentement mutuel pour que ce mariage devînt réel et irréprochable. Elle ne se rendit pas ; elle avait maladivement besoin d'une sanction.

James se tortura l'esprit pour résoudre ce problème bizarre et irritant. Il songea d'abord à un divorce, suivi d'un nouveau mariage. Mais cette solution exigerait des mensonges auxquels Evelyn ne se serait jamais résolue et qui répugnaient aussi au jeune homme.

À force de réfléchir, il lui vint une idée :

– Ne suffirait-il pas, dit-il, qu'un prêtre *confirme* notre mariage ?

– Oui, répondit-elle, cela suffirait.

Alors, James alla trouver le « vicar » de Saint-Georges, vis-à-vis duquel il se résigna à farder la vérité. Homme peu subtil, le vicar comprit qu'il s'agissait d'une femme excentrique et qui avait la maladie du scrupule. C'était un clergyman surnourri, que les besoins temporels du culte inclinaient à l'indulgence.

– Nous ne devons pas juger légèrement le prochain ; dit-il. Le scrupule est propre aux âmes d'élite. Ce que vous me demandez n'est pas positivement prévu... mais ce n'est pas défendu...Les frais, naturellement...

Il toussa en épiant Bluewinkle.

– Les frais ne sont pas une objection ! répondit paisiblement le jeune homme.

Et cette riposte ayant une vertu décisive, Evelyn et Bluewinkle parurent devant le vicar de Saint-Georges qui leur « délivra » un joli petit sermon sur les devoirs du mariage et conclut :

– Evelyn Grovedale a déjà été donnée à cet homme, dans cette même église, et James Bluewinkle a pris Evelyn Grovedale sous sa garde. Ils se sont promis d'être l'un à l'autre, pour le mieux et pour le pire, et de s'aimer dans la richesse et dans la pauvreté. Je rappelle à la femme qu'elle doit obéissance à son mari, et à l'homme qu'il doit protection à son épouse : la bénédiction du Seigneur sera sur leur mariage !

Ensuite de quoi James versa trois livres sterling, sept shillings et six pence dans la dextre du sieur Blackfoot, droguiste et sacristain.

La beauté du temps les entraîna – en voiture – jusqu'à Epping-Forest, où la vieille Angleterre conserve des chênes immenses et des ormes fabuleux. Ils rôdèrent sous les pesantes ramures, s'assirent sur la mousse hospitalière, consommèrent le rosbif, le pudding et l'ale dans une auberge des vieux temps, et le soir, tournés vers le couchant, devant les nues géantes où étincelaient les fables, les légendes et les chimères, elle fut la vierge qui laisse flotter sa chevelure sur l'épaule du bien-aimé, il fut le conquérant qui emporte la toison vermeille...

Il y eut des matins et il y eut des soirs. Le passé était derrière eux comme un rêve : James se demandait si tout cela, en vérité, n'avait pas été un rêve.

Un matin qu'il y songeait, Evelyn encore endormie, il vit la nourrice sur le perron du jardin d'arrière[9]. Elle berçait doucement le jeune Walter dont les yeux glauques regardaient les arbres d'un air terriblement méditatif.

James eut un élan de tendresse vers le petit être et le prit dans ses bras. Il le promena à travers la pelouse et, peu à peu, le baby s'était mis à sourire, d'un sourire qui étonnait James : « Il est certain, songea le père, que ce boy ne ressemble à aucun autre enfant… »

Il eut un tressaillement d'inquiétude. Les jours d'antan revinrent. Il vit la première Evelyn et son visage livide. Il revécut cette nuit affolante où il avait découvert le Secret. Puis encore, il se retrouva auprès de la moribonde ; il veilla l'étrange cadavre…

« Se peut-il que Walter n'ait hérité d'elle que sa pâleur ? »

Il s'était arrêté sous un troène. Ses yeux rencontrèrent le regard attentif du baby. Et l'idée lui venant de tenter une épreuve, il introduisit l'extrémité de son annulaire dans la bouche rose. Tout de suite, les lèvres se refermèrent… James éprouva, quoique faiblement, une sensation qu'il connaissait bien. Il attendit deux minutes… Et, quand il retira l'annulaire, il y avait de très fines gouttelettes roses…

– C'est un vampire ! chuchota-t-il.

––––––––––

[9] Un grand nombre de maisons, à Londres, ont un petit jardin devant la façade de la rue et un autre jardin du côté de l'autre façade.

Et il tremblait d'épouvante.

Il ne se trompait pas. Le jeune Walter Bluewinkle est effectivement un vampire et, pendant longtemps, son père ne l'avoua à personne, pas même à Evelyn. Mais c'est un vampire inoffensif. Il jouit seulement du pouvoir de soutirer le sang à travers les pores de la peau, sans que celle-ci éprouve aucun dommage. Il a aussi une intelligence très précoce et tournée vers les mystères de l'au-delà. Percy Coleman, à qui, lors d'une maladie du petit, James s'est enfin cru obligé à faire des confidences, ne donnerait pas Walter « pour une église en or ». On dit que ce neurologiste doit au jeune vampire une découverte prodigieuse qu'il va prochainement faire connaître à la vieille Angleterre et qui bouleversera les sciences biologiques plus profondément encore que la radio-activité ne bouleversa les sciences physico-chimiques.

LA SILENCIEUSE

I

Château de La Serraz, 14 *mai* 1857.

Quinze jours déjà que les autorités fédérales nous internent dans ce vieux coin perdu. Tout un petit monde de républicains et de révoltés : Français, Autrichiens, Vénitiens, Polonais, Russes, casernés avec nous dans les antiques salles où florissaient les Seigneurs de la Serraz et leurs respectables soudards. On ne saurait rêver tyrannie plus charmante. Les deux gardiens, les trois vagues gendarmes sont aux petits soins pour leurs « captifs ». Ces braves gens sont tout fiers de nous avoir, et la population avoisinante nous tire de grands coups de chapeau quand nous sortons. Car nous sortons. Notre parole suffit à nous garantir toutes les licences. L'autre jour, j'ai même été en retard pour le souper. J'ai trouvé le vieux gardien Mermoz tout mélancolique.

– Votre fricot va être froid, Monsieur Durville... et ma femme s'était surpassée.

J'ai compati à sa peine. Je me suis promis de ne plus rentrer après sept heures.

Le pays est un ravissement. Un lac frais, clair, impressionnable aux changements du ciel comme une créature vivante ; des pâturages où sonne tout le jour la rêveuse clochette de bronze ; et cent montagnes à l'horizon, vertes, violettes, neigeuses, où chaque aurore et chaque crépuscule jouent un vaste, subtil et divin opéra de lumière. D'ailleurs, un temps fait à souhait pour rendre la vie aimable et les rêves exquis, un joli rire de printemps où viennent éclore les premières fleurettes sur les bords de l'eau frémissante.

Pour mes compagnons, ce sont presque tous des êtres agréables. Sauf deux ou trois fanatiques, de ce genre sombre que créent les inquiétudes d'estomac ou de foie, c'est plutôt des hommes gais, parfois bruyants, assez bavards, en bons théoriciens, et ne devenant ennuyeux que lorsque les discussions politiques traînent en longueur.

Presque tous, cela va sans dire, décidés à « étrangler le dernier prêtre avec les entrailles du dernier roi » – en théorie ! Il y a surtout un géant russe, tête de lion, crinière, yeux étincelants, voix furibonde, qui chante des chansons terribles... « On les pendra... on les guillotinera... on les empalera...» à la manière de ces guerriers australiens qui jurent pendant trois jours et trois nuits « de se casser les bras, de se casser les jambes, de se casser la tête, de se casser le dos », etc., etc., et qui finissent par casser ensemble le kangourou de l'amitié. En attendant le grand Massacre, le bon Retchnikoff dévore chaque jour dix livres de viande, deux douzaines d'œufs, un pain de quatre livres, six kilos de fruits et de légumes, boit dix litres de vin et de bière, s'arrose de thé à plein samovar, et remplit de joie, d'émerveillement, d'admiration, les deux gardiens, les vagues gendarmes et les épouses de ces fonctionnaires – qu'il lapide de pourboires. Car sa famille possède cent lieues de forêts, de terre à blé et de rivières poissonneuses dans la petite Russie.

27 mai.

Deux nouveaux prisonniers sont entrés à la Serraz. Le premier, le docteur Ojetti, un Vénitien affilié au carbonarisme, et plusieurs fois jeté dans les cachots d'Autriche, est un beau vieillard à la façon de son pays : vif, sec, yeux de ténèbres, geste charmant, parole abondante, toute parfumée de métaphores et de superlatifs, esprit agile, pénétrant, clair, nourri ensemble de science, d'art et de littératures antiques, enthousiaste aussi, plein du rêve de l'unité italienne et toujours prêt à sacrifier sa vie ou sa liberté pour ses croyances. L'autre captif – une captive

– : la fille même du docteur, admise à la Serraz par faveur spéciale, à la condition de vivre avec les filles du gardien Mermoz.

Francesca Ojetti est de tous points éblouissante. Le jour et la nuit s'échappent à la fois de ses beaux yeux, couleur d'améthyste. Son teint réalise la perfection des plus belles pulpes de fleur, et semble jeter une lumière ainsi que les jeunes roses des Alpes ; chacun de ses gestes accuse davantage le soin délicat que la nature a pris de la parfaire. Cette magnifique personne est silencieuse. On n'entend que rarement sa voix où se marient la pureté des métaux nobles et la souple intonation des eaux courantes. Elle est triste de la grande manière où n'éclate aucune morbidesse, mais plutôt une harmonie de santé, une grâce divine et forte. Elle n'évite pas la présence ni la conversation des gens, mais elle décourage les âmes légères et les déconcerte malgré elle. Elle accompagne son père dans toutes ses sorties, soit dans les cours ou les jardins du château, soit à travers les pâturages et les bois. Elle a sûrement pour lui un amour qui confine à la religion.

Naturellement, toute la bande des prisonniers est en extase devant cette admirable Vénitienne. Retchnikoff lui-même en perd ses refrains sanguinaires et ses propos retentissants. Les jeunes font figure de Roméos, et les anciens ne perdent plus une attitude. Le docteur est devenu le souverain absolu de la Serraz, mais, accoutumé à ces flatteries par ricochets, il n'y prête guère attention. Et j'ignore pourquoi je lui plais – pourquoi je suis devenu son compagnon de promenade – pourquoi j'ai la meilleure poignée de main du père et quelques-uns des très rares sourires de la fille.

Nous sortons tous trois, vers le déclin des après-midi, quand le soleil se dore, que les ombres des montagnes, des hêtres et des sapins se couchent très longues sur les pâturages. Ojetti parle beaucoup. Son âme est un vivier d'anecdotes, un réservoir inépuisable de souvenirs. Tout cela frétille, pétille, reluit, et fait voir en un instant mille silhouettes d'êtres, mille événements, mille aspects d'âme. Cet homme est le plus merveilleux éducateur. Il ne saurait lancer une idée sans lui donner la pointe, la parure, la saveur qui la font pénétrer comme une arme, goûter comme une œuvre d'art ou croquer comme une friandise.

Et Francesca, en silence, écoute. Jamais elle ne parle que pour répondre. Jamais elle n'éprouve le besoin de dire la joie ou la mélancolie, l'attendrissement qui se reflètent dans ses beaux yeux selon le propos entendu, le site plein de grâces ou les harmonies de la lumière parmi les ombres tremblantes. Son âme me remplit d'une douce inquiétude. Je voudrais la connaître, et pourtant je trouve un enchantement à son mystère : et sans doute repousserais-je celui qui m'offrirait de pénétrer le secret de cette jeune fille. Elle est intelligente. Ses réponses ont une perfection de justesse, une élégante concision, un tour ensemble timide et hardi.

Et je ne rêve que d'elle. Mon cœur est devenu insupportable. L'univers a grandi. Il me semble entendre en moi la rumeur de tous les siècles, toutes les douloureuses et magnifiques générations qui vécurent et moururent pour que l'amour devînt plus beau, pour que l'histoire de l'époux et de l'épouse fût aussi vaste, aussi belle, aussi harmonieuse que les abîmes étoilés de l'espace !

18 juin.

Et c'est vrai pourtant ! Ce mystère m'accueille avec préférence. Les profonds yeux d'améthyste s'éclairent en me regardant. Le sourire est confiant ; sur tout le visage de lumière mon arrivée fait venir une douce bienvenue. Lorsque je l'aperçois de loin, mon cœur s'emplit d'épouvante – mais de près je me rassure, comme au bord d'un précipice semé de fraîches soldanelles. Et Francesca ne fait aucun effort pour dissimuler son plaisir. L'ombre même d'une coquetterie est absente de chacun de ses gestes. Elle marche dans sa beauté comme un roi puissant dans son empire. Elle ignore, ou veut ignorer, toute séduction réfléchie. Aussi bien cela lui serait inutile. Elle a, pour gagner et garder les âmes, sa fierté et la force invincible du silence.

25 juin

J'ai d'abord goûté, comme une faveur divine, cette joie de bon accueil qui souriait aux lèvres de Francesca. Mais l'angoisse est venue. La franchise même de la jeune fille devient mon supplice. Je crains ce qu'il peut arriver de pire à ceux qui aiment : le faux départ — cette cruelle familiarité qui fait des amis et qui exclut, en se prolongeant, toute espérance d'une affection plus violente. Encore pourrais-je m'y résigner, car je conçois comme *trop belle* une destinée où se mêlerait l'amour de la merveilleuse créature. Mais je sens, je sais, que Francesca n'épousera jamais par amitié pure, qu'elle demeurera plutôt la compagne, heureuse d'être dévouée, de son père.

II

1er *juillet.*

Nous avons monté aujourd'hui jusqu'au hameau des Plans. La montagne revêt sa grande robe étincelante : les brodeurs éternels la sèment de toutes ces fleurs si vives sur de frêles pédoncules, de toutes ces petites lueurs, de tous ces petits buissons ardents qui trouvent leur heure de gloire sur le flanc âpre du roc, dans les minuscules jardins suspendus faits de la poudre des pierres broyées atome par atome à travers les siècles. Les hêtres montent comme une armée en bataille ; les sapins frémissent tous ensemble, du même mouvement, aux passages de la brise d'été.

Nous nous sommes arrêtés au bord d'un torrent, devant les troupeaux rugissants des ondes. Francesca a franchi le pont et s'est mise à prendre une esquisse légère au fusain.

Ojetti, s'interrompant au milieu de son jardin d'anecdotes, m'a dit :

– Vous êtes pâle et triste. Ne croyez-vous pas pouvoir vous confesser à moi ?

Je l'ai regardé. J'étais sans souffle, je sentais mes artères immobiles dans l'excès de mon inquiétude. Et j'ai répondu :

– Ne pouvez-vous pas deviner ?

– Je ne *dois* pas deviner. Votre peine n'en sera pas plus dure pour avoir été confiée. N'êtes-vous pas sûr de ma sympathie ?

Alors j'ai parlé tout bas. Il m'a répliqué tendrement :

– Je suis tout entier avec vous. Et j'ai beaucoup d'espérance. Pourtant, je ne voudrais pas peser d'un scrupule sur le destin de Francesca. Car j'ai trop d'autorité sur elle. Voulez-vous lui parler vous-même ?

– Je lui parlerai !

J'étais plein de terreur. Le Mystère était plus profond, les fraîches soldanelles semblaient mortes au bord du gouffre. Dans le moment où j'avançais vers la jeune fille, je sentis s'élever en moi la parole du Grand Maître : « Laissez ici toute espérance ! » Et c'est véritablement à la porte de l'Enfer que je frappais quand je fus arrivé vers l'autre bout de la prairie.

Francesca à mon approche s'arrêta de fusiner. Elle leva son visage et ses yeux encore à demi abstraits par son travail. Je vis qu'elle n'avait aucune idée, ni aucun pressentiment de ce que j'allais lui dire, et je me troublai davantage. Elle s'aperçut de mon trouble ; une ombre inquiète se répandit sur son front.

Je lui parlai, tremblant d'abord, puis je trouvai quelque chaleur pour lui offrir ma vie. À mesure que j'avançais, elle devenait plus pâle. Et quand j'eus fini, elle se tenait devant moi la tête baissée, les mains frémissantes, sa bouche divine contractée par une sorte d'horreur. Elle gardait le silence. Elle semblait ne vouloir ni ne pouvoir faire aucune réponse. Et je repris :

– Vous ai-je offensée ?

Elle répondit avec effort :

– Vous ne m'avez pas offensée.

– Puis-je concevoir quelque espérance ?

– Je ne puis pas vous répondre. Je l'ignore autant que j'ignore tout mon avenir !

Je repris avec découragement et humilité :

– N'est-ce que de l'ignorance ? Ne sentez-vous pas plutôt que je ne puis vous plaire ?

– Je ne sens rien en ce moment, qui soit contre ni pour votre personne...

– Vous êtes mortellement pâle, comme si vous étiez frappée d'horreur...

Elle baissa ses yeux pleins d'ombre.

– Vous vous trompez. Ce n'est pas de l'horreur. C'est de l'épouvante !

III

Chaque fois que je me présente devant Francesca, je vois, passer dans ses yeux le même saisissement. Une rapide pâleur monte sur sa joue et disparaît, la main qu'elle me tend est froide et tremblante. Puis elle se rassure. Je sens son *amitié* qui revient, et que ma compagnie n'est pas désagréable – du moins lorsque nous sommes trois, que le docteur se tient entre nous. Si nous demeurons en tête-à-tête, Francesca se détourne et regarde au loin. Son malaise est tel que j'en suis pénétré comme d'une atmosphère. Je souffre de sa souffrance. Je romps moi-même la mauvaise influence en m'éloignant et j'éprouve un réel soulagement lorsqu'enfin Ojetti arrive à nous et fait reparaître la clarté sur le visage de sa fille.

Ma peine est mortelle. Elle ronge mes nuits – elle me livre à la pâle insomnie, aux longs rêves sinistres de l'ombre. L'opium seul me défend un peu de l'excès d'angoisse. Et je n'ai contre Francesca aucune colère, aucune révolte. Mon épreuve a quelque chose de divin : c'est un sacrifice. J'accepte. Je suis prêt pour elle à toutes les immolations. Mon amour s'accroît de ma souffrance, non par la contradiction et l'instinct de lutte qui est à la base de tels sentiments, mais parce que ma souffrance est comme une forme plus élevée de l'adoration.

J'ai aussi voulu éviter ma présence à la jeune fille. Ojetti a rendu cette résolution impossible. Il s'est véritablement attaché à moi et, dès que je m'enferme ou me dérobe, il n'a de cesse qu'il ne m'ait ramené. L'autre jour, j'étais parti seul à travers la montagne. Je rêvassais tristement à la lisière d'une hêtraie, lorsque j'ai vu venir le docteur et Francesca. Le bon carbonaro était tout triste ; il s'est répandu en plaintes. Dans l'animation du discours, il s'est oublié jusqu'à dire :

— Dis-lui, Francesca, qu'il est notre seule consolation dans l'exil, dis-lui que sa présence est notre joie !

Francesca, pâle comme le glacier lointain, a murmuré d'une voix plaintive :

— Je vous prie, pour mon père !...

17 juillet.

Il est arrivé un petit carbonaro milanais. Il est vif et gentil comme Arlequin, avec de beaux yeux qui jouent dans son visage, tels de prestes diamants noirs, un sourire qui lui gagne tout le monde, de légers propos qui réjouissent les soirées, et le don des langues qui lui permet de parler le français aussi gaîment que l'italien. Avec cela une bonne âme enthousiaste, l'amour frénétique de l'Italie-Une, de la loyauté – mais, l'âme périlleuse des Lovelace, tout en ardeur présente et en tendresse fugitive. Il plaît au docteur, qui connaît sa famille, et nous sommes maintenant quatre à gravir les pâturages, quand les ombres deviennent longues. Luigini marche en tête avec Francesca ; je suis, avec le docteur, à quelques pas.

Je cherche, au fond de mon être, la jalousie. Elle est absente. Elle ne peut naître. Je sens qu'elle tuerait mon amour pour la Silencieuse. Et dans l'excès de ma peine, il m'arrive quelquefois, tout bas, de souhaiter qu'elle se lève. J'observe alors le couple charmant, les gestes élégants du Milanais, ses regards qui se tournent avec admiration vers sa compagne. Mais Luigini me semble plus lointain que le Mont-Rose, sa galanterie aussi frêle que les petites akènes emportées dans la tempête. Et je comprends que rien, hors l'Absence et le Temps, ne pourra combattre contre Francesca.

J'y songeais hier, assis sur un charme abattu, auprès d'une naïade toute menue au sortir du roc. Cent espèces de plantes fleurissaient autour de moi. La terre rendait en petites flammes de couleur et de parfum le feu du grand astre. Une pénombre étonnante de pureté enveloppait les choses ; l'humble vie luttait si éperdûment, chaque brin d'herbe, chaque filet de mousse recélait une telle énergie, que j'en fus accablé. J'étais comme un Pariah devant une foule joyeuse. Je sentais sur moi l'ombre de la mauvaise chance qui perd les destins. Et les voix du Milanais et du docteur, au tournant du ravin, m'arrivaient comme une ironie.

Tandis que je m'abîmais dans ma tristesse, Francesca se mit à gravir le rocher, suivie de près par Luigini. Elle s'immobilisa un moment sur l'arête. Le soleil l'environnait d'une lueur de gloire. Elle ressemblait ainsi à une Vierge de Leonard qui a fixé en moi, dans mon enfance, une de ces empreintes qui ne s'effacent plus. Je baissai la tête. Quand tous deux eurent disparu, un invincible sanglot souleva ma poitrine ; mes yeux s'emplirent de larmes…

J'étais ainsi depuis une minute, lorsqu'un pas léger me fit frémir. Je revis Francesca, au bout sud du ravin. Elle approchait. Elle vit mes larmes, elle en parut saisie. Puis, je ne sais quelle dureté parut sur sa bouche – et elle, qui n'interrogeait jamais, demanda :

– Êtes-vous jaloux de Luigini ?

La surprise me tint d'abord muet, puis, avec une sorte de colère :

– Plût au ciel ! Si je pouvais être jaloux, je pourrais espérer guérir de mon amour !

Elle devint aussi pâle que le jour de mon aveu, avec la même épouvante dans les prunelles. Et elle passa, silencieuse, rejoindre son père qui nous appelait.

IV

26 juillet.

Je suis libre. Les autorités ont trouvé mes peccadilles légères. Je puis recommencer, s'il me plaît, à conspirer contre les puissances amies, quitte à me faire reprendre au filet. Je n'en ai guère envie. Déjà ma foi était tiède, lors de la *dernière*. Je ne crois pas que le *tyran* soit renversé par nos petits moyens. De plus vastes événements rétabliront la balance entre le droit et la force. Deux ou trois camarades français bénéficient de la clémence fédérale. Mais nos amis Vénitiens, Polonais, Milanais, restent sous les verrous (!). Et je rôde comme une âme en peine autour de ma prison. Les gardiens ont d'abord prétendu exécuter leur consigne et m'exiler avec les gens libres. Ils ont fini par me permettre quelques heures de visite. En sorte que je ne suis pas entièrement privé du plaisir d'entendre Retchnikoff jurer de *les* guillotiner, de *les* pendre, de *les* faire infuser dans l'eau forte.

Mais, hélas ! ma tristesse est chaque jour plus affreuse. Francesca demeure dans son mystère, et que m'importe d'ailleurs ce mystère, puisqu'aussi bien il n'y a là aucune espérance.

5 août.

Rien n'a changé. Je veux partir. Je ne crois qu'au Temps et à l'Absence – il n'est pas d'autres médecins d'âme. Et j'ai dit ma résolution à Ojetti. Il a paru consterné. Il s'est répandu en plaintes, puis :

– Le manche après la cognée ! Votre mal ne sera pas plus difficile à guérir si vous attendez quelques semaines encore.

– Mais je ne puis le supporter pendant quelques semaines *encore !*... Il me reste un peu de force – il faut en profiter... Et vous ne pouvez me donner aucune espérance.

Ojetti n'est pas diplomate, comme la majorité de ses compatriotes.

Il garda le silence, puis, tandis que je le regardais tristement :

– J'aurais juré qu'elle vous aimerait... Même je croyais avoir démêlé en elle une inclination naissante... *Ma*...

– Vous voyez bien que je lui inspire une sorte de terreur !

– Oui... Je ne m'explique pas... Je ne puis obtenir de confidence... il faut lui parler encore...

– Et de quoi voulez-vous que je lui parle ?

– Peu importe. De la même chose... Mais soyez éloquent – et qu'elle vous réponde !

Nous avions dépassé ce grand Calvaire sinistre qui s'étend au delà des Plans. On dirait un cimetière de Titans. Les pierres plates, les croix vagues, les énigmatiques pierres debout y alternent avec des fosses profondes ; les échos y sont multiples comme des retentissements d'antiques clameurs d'agonie. Au sortir du Calvaire, la route monte entre des sapins, eux-mêmes surgis des vieux âges. Le docteur a entraîné Luigini en nous priant de l'attendre ; nous sommes demeurés seuls, Francesca et moi, dans la cathédrale vivante. L'immobilité et le silence semblaient se fondre avec la lumière. J'entendais battre mon cœur – et le sien. Et j'ai dit brusquement, d'une voix rauque :

– Je suis arrivé au terme de ma souffrance. Je vais partir. Et j'ai résolu de vous parler une dernière fois. Le supplice que j'ai enduré, par le seul fait de votre existence, est assez grand pour que vous supportiez encore que je vous offre toute ma vie, assuré de n'aimer jamais plus une autre femme. Je parle sans espérance, et presque pour remplir un devoir – car nous avons aussi des devoirs envers nous-mêmes – telle la recherche d'un bonheur qui n'est point pris à d'autres et qui doit nous rendre meilleurs. Je sais, Francesca, que j'aurais été plus noble, plus charitable et plus doux pour avoir obtenu la joie infinie d'être votre compagnon – je sais qu'une telle grâce aurait suffi à me donner de la résignation dans les pires épreuves et de la bonté pour mes ennemis. Mais je ne connaîtrai pas cette faveur suprême ! Et je n'aurai point de plainte contre vous, Francesca. Vous n'êtes point responsable des tendresses que peut éveiller votre personne – ce serait être responsable de votre naissance. Je vous supplie seulement d'avoir un regard de pitié pour moi, et de me pardonner mes paroles, si elles vous ont offensée !

Elle resta quelque temps sans répondre, belle comme une Aphrodite du Silence, la tête penchée sous les grands cheveux d'ombre – puis, pleine de trouble :

– Ce n'est point à moi de pardonner – mais à vous. Je suis accablée de remords, je m'accuse de votre peine, je donnerais plusieurs années de ma vie pour que cela n'eût point été. Ne doutez pas que, dans toute circonstance, je ne sois prête pour vous à un grand acte de réparation !

Elle me tendit la main ; je n'osai pas l'élever jusqu'à ma lèvre.

– Adieu, Francesca, balbutiai-je… Je serai parti demain à la pointe du jour !

Elle s'appuya contre un arbre ; elle murmura, comme parlant à soi-même :

– Je ne dois pas le retenir.

V

Je n'ai pas essayé de dormir : il m'aurait fallu prendre l'opium à dose dangereuse. Je suis demeuré sur le balcon du chalet – à regarder la nuit et les tours de la Serraz debout parmi les étoiles. L'ombre, l'été et la montagne ne font pas de nuits plus belles. Mes sens subtilisés ont goûté jusqu'à la lie l'amer alliage de la splendeur et de la souffrance. La Mort s'abattait dans ma poitrine retentissante. Les cimes confuses, les eaux palpitantes, les pacages, les astres, tout semblait se modeler en sépulcre. Je sentais comme une contraction de l'Univers, comme une asphyxie de l'Infini.

J'étais toujours sans révolte. Je me résignais à souffrir un de ces grands amours qui rendent l'amour plus noble parmi les hommes. Il me semblait que cette douleur n'était pas solitaire – ni égoïste. J'en faisais obscurément le sacrifice à d'autres êtres.

Et j'ai crié vers l'espace :

– *Pater in manus tuas commendo spiritum meum !*

L'aube argentine a gravi les glaciers ; la brise du lac s'est élevée avec l'aurore ; les mésanges amies sont venues réclamer leur pâture ; un voiturier a pris mon bagage ; et j'ai marché vers la ville prochaine. J'ai voulu passer par le Calvaire. Arrêté près des arbres où j'ai parlé hier à Francesca, j'ai été pris d'une sorte de défaillance. Je me suis appuyé où elle s'était appuyée. J'ai fermé les yeux – longtemps.

Un froissement de branches m'a tiré de mon rêve. Et j'ai vu le miracle : Francesca était venue. Elle me regardait avec douceur. Elle était pleine de trouble, mais sans épouvante. – Une lassitude charmante bleuissait ses paupières. Et je me suis écrié :

– Pourquoi voulez-vous rendre mon départ plus terrible ?

Elle a souri ; pour la première fois, j'ai vu de la malice sur son visage. Puis elle a répondu :

– Je ne peux pas vivre loin de vous !...

La vie, la gloire, la puissance sont entrées en moi comme la lumière dans les ténèbres !

Et Francesca a dit encore :

– Je n'ai pas été coupable envers vous. Mon épouvante était réelle – plus forte que mon âme. J'ai vainement essayé de la surmonter. Il n'y a peut-être aucune créature au monde à qui l'amour est aussi redoutable.

J'ai doucement pris sa main ; la petite main s'est soumise, tendre, frémissante, confiante :

– Et pourquoi l'amour vous est-il si redoutable ?

Le magnifique visage s'est détourné vers la forêt :

– Parce que je savais que je ne serais plus une créature distincte de celui que j'aimerais. Parce que je devais abdiquer tout entière – et pour cela être aussi sûre de mon époux que de moi-même – parce qu'enfin, de ce moment où je parle, j'ai cessé d'être, je n'existe plus ! Ma liberté est morte. Je ne suis plus que votre esclave : à jamais votre volonté sera faite et non la mienne !

Et tandis que nous descendions la colline, je murmurais tout bas :

« Ah ! tout de même, dans la brève aventure de notre vie, il est merveilleusement doux que le plus grand vœu ne soit ni de la gloire, ni de la richesse, ni de la puissance, mais une faible créature, notre semblable, un peu de lumière vivante, un trait, un contour, quelques gestes, et le rythme d'une démarche ! »

FIN